बिन जिया जीवन

बिन जिया जीवन

कुलदीप कुमार

वाणी प्रकाशन

वाणी प्रकाशन

4695, 21-ए, दरियागंज, नयी दिल्ली 110 002

फ़ोन : +91 11 23273167 फ़ैक्स : +91 11 23275710

शाखाएँ

अशोक राजपथ, पटना 800 004, बिहार

कॉफ़ी हाउस कैम्पस, महात्मा गांधी मार्ग, इलाहाबाद 211 001, उत्तर प्रदेश

महात्मा गांधी अन्तरराष्ट्रीय हिन्दी विश्वविद्यालय, वर्धा 442 001, महाराष्ट्र

सुल्तानिया रोड, मोतिया पार्क, भोपाल 462 001, मध्य प्रदेश

www.vaniprakashan.in
marketing@vaniprakashan.in
sales@vaniprakashan.in

BIN JIYA JEEVAN
by Kuldeep Kumar

ISBN : 978-93-89012-77-4
Poetry Collection

प्रथम संस्करण 2019

मूल्य : ₹ 199

सिटी प्रेस, दिल्ली-110 095 में मुद्रित

वाणी प्रकाशन का लोगो मक़बूल फ़िदा हुसेन की कूची से

इन्दु

के लिए

'हक़ तो ये है कि हक़ अदा न हुआ'

अनुक्रम

महाभारत व्यथा

दो शब्द

कविता लिखना अपने चेतन, अवचेतन और अचेतन में डुबकी लगाकर मोती लाने का प्रयास है। मोती कभी-कभार ही मिलता है। अक्सर ख़ाली सीपियाँ, घोंघे और शंख ही हाथ आते हैं। लिखने के क्रम में अपने ही मन की न जाने कितनी ऐसी छवियाँ सामने आ जाती हैं कि विश्वास नहीं होता कि यह सब भी हमारे भीतर था। सृजन के क्षण की प्रसवपीड़ा झेलना आसान नहीं है।

तुकबन्दी करना बचपन में ही शुरू कर दिया था। किशोरावस्था आते-आते कवि सम्मेलनों के प्रभाव में और कुछ छायावादी कवियों की नक़ल करने के उत्साह में गीत लिखना शुरू किया लेकिन शीघ्र ही गीत लिखना छोड़कर कविता के प्रति गम्भीर हो गया। छात्र जीवन में ही *कादम्बिनी, उत्तरार्ध, आलोचना* और *पहल* (समकालीन कविता अंक) आदि पत्रिकाओं में कविताएँ प्रकाशित हुईं। बाद में *साक्षात्कार, जनसत्ता और नवभारत टाइम्स* आदि में भी कुछ कविताएँ छपीं। लेकिन सक्रिय पत्रकारिता के कारण दिसम्बर 1996 के बाद कविताएँ नहीं छपवा सका। लिखना भी बेहद कम हो गया।

मेरे बड़े भाई जैसे मित्र और सुविख्यात कवि-कथाकार-पत्रकार मधुसूदन आनन्द ने अक्टूबर, 2018 के अन्त में भारतीय ज्ञानपीठ के निदेशक का पद और *नया ज्ञानोदय* के सम्पादन का कार्यभार सँभाला और नवम्बर के दूसरे सप्ताह में मुझे दिसम्बर अंक के लिए कविताएँ भेजने को कहा। मैंने दो-तीन दिन तक उन्हें समझाने की कोशिश की कि दो दशकों से अधिक के अन्तराल के बाद मेरा इस क्षेत्र में आना बेमानी होगा, लेकिन उन्होंने मेरी एक न सुनी। नतीजतन मुझे कविताएँ भेजनी पड़ीं। एक पत्रकार मित्र ने हर दो-तीन दिन के बाद याद दिलाकर, झिड़की देकर और कभी-कभी लगभग डाँटकर मुझे आलस छोड़ने और कविताएँ समय से भेजने के लिए विवश किया। कविता में मेरी वापसी के लिए ये दो मित्र ज़िम्मेदार

हैं। वापस आने के बाद मुझे महसूस हुआ कि इतने वर्षों तक मैं किस तरह ख़ुद से ही अलग रहा। इन दोनों का मैं आजीवन ऋणी और कृतज्ञ रहूँगा।

नया ज्ञानोदय के बाद *पहल, कथादेश* और *तद्भव* में कुछ और कविताएँ प्रकाशित हुईं। हालाँकि कविता संग्रह लाने में मुझे बहुत संकोच हो रहा था, लेकिन कुछ मित्रों ने मुझसे बहस करके मनवा ही लिया कि संग्रह प्रकाशित करने में हर्ज़ ही क्या है।

सुप्रसिद्ध कवि मंगलेश डबराल ने कविताओं का चयन करने और एक संक्षिप्त भूमिका लिखने का मेरा अनुरोध तत्काल स्वीकार कर लिया। उन्हें किन शब्दों में धन्यवाद दूँ, समझ में नहीं आ रहा।

मित्र जगदीश्वर चतुर्वेदी ने पुस्तक के प्रकाशन का ज़िम्मा लिया और अनामिका पब्लिशर्स ने इसे प्रकाशित करना स्वीकार किया। मैं दोनों का ही बहुत आभारी हूँ। पुनःप्रकाशन में अनन्य मित्र और कवि-राजनीतिज्ञ देवीप्रसाद त्रिपाठी ने गहरी दिलचस्पी ली। उनके प्रति आभार प्रदर्शन मात्र औपचारिकता ही होगी।

प्रेमचन्द के सुपुत्र और 'कहानी' के यशस्वी सम्पादक श्रीपत राय बहुत अच्छे चित्रकार भी थे। उनकी सुपुत्री और जानी-मानी कथाकार-अनुवादक सारा राय ने स्नेहपूर्वक उनकी एक पेंटिंग को आवरण पर इस्तेमाल करने की अनुमति दी। उन्हें हृदय से धन्यवाद।

कविता संग्रह को प्रकाशित देखकर सबसे अधिक ख़ुशी मेरे सुख-दुःख की साथी इन्दु अग्निहोत्री को होगी। इसलिए इसे उन्हीं को समर्पित कर रहा हूँ।

-कुलदीप कुमार

पुरोवाक्

एक ऐसा कवि जो बाक़ायदा या नियमित कवि होने का दावा न करता हुआ चुपचाप अपने अनुभव दर्ज़ करता रहा हो, जब अपना कविता संग्रह प्रकाशित करता है तो हम क्या उम्मीद करते हैं? शायद यह कि उसकी कविताओं में कोई नयापन और अलग तरह का दृष्टि-बोध होगा, समय और यथार्थ को देखने का अपना तरीका होगा और वे उन महत्वाकांक्षाओं से मुक्त भी होंगी जिनसे समकालीन कविता काफी ग्रस्त नज़र आती है। यह देखना सुखद है कि लम्बे समय से अंग्रेज़ी-हिन्दी पत्रकारिता करने वाले कुलदीप कुमार का यह पहला संग्रह इन सभी अपेक्षाओं को पूरा करता है और अनुभवों का लम्बा-चौड़ा वितान बुनने के बजाय दिनचर्या के छोटे-छोटे अंशों, ब्योरों, दृश्यों और आहटों को पकड़कर उन्हें मार्मिक अनुभवों की शक्ल देता है। कवि की संवेदना का एक लम्बा सफ़र इन कविताओं में देखा जा सकता है : युवावस्था की भीतरी घुमड़न और धूप-छाँह से लेकर संगीत सुनने के प्रभावों और समाज और राजनीति की विसंगतियों तक कई मूर्त-अमूर्त दृश्य इनमें अंकित हुए हैं।

कुलदीप कुमार की कविताओं में एक ख़ास सरलता है। लेकिन जैसा कि हम जानते हैं, सरल होना साधारण होना नहीं होता, बल्कि सरलता अक्सर असाधारण होती है और काव्य के स्तर पर मुश्किल से हासिल हो पाती है। संग्रह की कविताओं में यह विशेषता इसलिए भी अन्तर्निहित लगती है कि कुलदीप की कविता उन ब्योरों और प्रसंगों से संरचित है जो सतह पर सरल दिखते हुए कोई मर्म की बात बता जाते हैं : 'मैं इस कमरे में हूँ / उसी तरह जैसे इस शरीर में', 'प्रेम आता तो है वसन्त की तरह / लेकिन जाता है पतझड़ बनकर', 'दिल यकायक डूबने लगता है/कहीं कोई सरोद बजाता हो शायद', 'उस गली में/जहाँ मैं ठोकर खाकर गिरा/अँधेरा भौंक रहा था', 'लालटेन की चिमनी के चटखने की आवाज़ करते

हुए / जब चन्द्रमा तरेड़ खाता है', और 'रात नींद की आँखों में / कीलें ठोंक कर चली जाती है' जैसी सरल लेकिन मार्मिक अभिव्यक्तियाँ ज़्यादातर कविताओं का स्थापत्य निर्मित करती हैं।

संगीत पर केन्द्रित कविताएँ एक और स्मरणीय पहलू हैं। कुलदीप कुमार एक अरसे से हिन्दुस्तानी शास्त्रीय संगीत पर लिखते रहे हैं और उसे सुनने-जानने का एक गहरा अनुभव उनके पास है। कोई ख़याल या कोई वादन सुनते हुए संवेदना में किसी ख़याल या विचार का चमक उठना ऐसी कविताओं का ख़ास मिज़ाज है। हिन्दी में संगीत से सन्दर्भित कविताओं की कम संख्या को देखते हुए भी वे उल्लेखनीय हो उठती हैं। मल्लिकार्जुन मंसूर पर एक छोटी-सी कविता उस महान गायक के व्यक्तित्व और उनकी साधना को सुंदर तरीके से चित्रित करती है : 'चौहत्तर साल की वह निष्कम्प लौ / एकाएक काँपी / और / उसने चश्मा लगा लिया / ज़रा देखें / सुरों के बाहर भी है / क्या कोई दुनिया?'

संग्रह की शुरुआत उन कविताओं से होती है जिनमें किशोरवय और युवा होने की कशमकश देखी जा सकती है। लेकिन धीरे-धीरे कविता का संसार सामाजिक-राजनीतिक शक्लें अख्तियार करने लगता है और एक कविता बताती है कि 'एक आदमी / लगातार झूठ बोलता जा रहा है / लोगों की जेब से नोट निकालकर / रद्दी काग़ज़ भर रहा है / और लोग ख़ुशी से नाच रहे हैं'। ऐसी कविताएँ समकालीन राजनीति के विपर्ययों-विद्रूपों को बेलाग और प्रासंगिक तरीक़े से बेनकाब करती हैं : 'भेड़ियों की भीड़ चौराहों पर जमा है / और बकरियाँ उन्हें हार पहना रही हैं / भूखों के आगे गाय का गोबर और गौमूत्र परोसा जा रहा है / और वे कृतज्ञ होकर थालियों को ढोलक की तरह बजा रहे हैं'।

कवि का राजनीतिक स्वर तब भी गूँजता है जब वे महाभारत में प्रवेश करते हैं और उसकी पाँच प्रमुख महिलाओं की त्रासद जीवन-कथा से पुरुष-सत्ता की विकृत संरचनाओं और व्यवहारों को फोकस में लाते हैं : माधवी, मत्स्यगन्धा (सत्यवती), गान्धारी, माद्री और द्रौपदी जैसे महाभारत से बाहर निकलकर पुरुषों को ललकारती, शाप देती हुई लगती हैं। ये कविताएँ वस्तुपरक वृत्तान्तों की तरह हैं और कहीं न कहीं हमारे वक़्त के हिन्दुस्तान के यथार्थ से उनका रिश्ता जुड़ता है। तमाम अमानवीयता और शोषण से गुजरने के बाद माधवी अपने को एक ऐसी दुनिया में देखती है जहाँ 'इन पुरुषों के पाखण्ड की / छाया भी नहीं' है और सत्यवती का बयान है : 'मैं मत्स्यगन्धा सत्यवती / भुजा उठाकर कहती हूँ / जहाँ

ज़बरदस्ती की जायेगी / जहाँ बलात्कार होगा / उस राज्य का नाश अवश्यम्भावी है।' दरअसल, प्रेम की निश्छल-तिक्त-मधुर अनुभूतियों से राजनीति तक कुलदीप कुमार अपने सफ़र में एक समर्थ और अलग तरह के कवि के तौर पर उभरते हैं और उनका 'बिन जिया जीवन' हम सबका जीवन बन जाता है।

-मंगलेश डबराल

वह चेहरा

आज फिर दिखीं वे आँखें
किसी और माथे के नीचे
वैसी ही गहरी काली उदास

फिर कहीं दिखे वे साँवले होंठ
अपनी ख़ामोशी में अकेले
किन्हीं और आँखों के तले

झलकी पार्श्व से वही ठोढ़ी
दौड़कर बस पकड़ते हुए
देखे वे केश
लालबत्ती पर रुके-रुके

अब कभी नहीं दिखेगा
वह पूरा चेहरा ?

प्यार में चिड़िया

एक चिड़िया
अपने नन्हे पंखों में
भरना चाहती है
आसमान

वह प्यार करती है

आसमान से नहीं
अपने पंखों से

एक दिन उसके पंख झड़ जायेंगे
और
वह प्यार करना भूल जायेगी
भूल जायेगी वह
अन्धड़ में घोंसले को बचाने के जतन
बच्चों को उड़ना सिखाने की कोशिशें

याद रहेगा सिर्फ़
पंखों के साथ झड़ा आसमान

स्त्री का प्रेम

स्त्री
सब कुछ सहती है

प्रेम में

पुरुष
नहीं सह पाता

प्रेम भी

वापसी

पुरानी जगहों पर
हम लौट-लौट आते हैं
हत्यारों की तरह

इन जगहों में एकान्त है
छूटी स्मृतियों की छायाएँ हैं
इन्हीं में दबे हैं
हमारे मन में उभर-उभर आने वाले
पाप

वह पेड़ है वहीं
जहाँ से चाँद उगा था पहली बार
वहीं है वह मोड़
जहाँ से हम वापस हुए थे बदहवास
वह बेडौल चट्टान भी है
ठीक उसी जगह
जहाँ पड़ी थी खरोंच
उस शाम

ये जगहें
हमारा स्वागत नहीं करतीं
फिर हम क्यों आ जाते हैं यहाँ
बार-बार ?

ओक्ताविओ पास से एक मुलाक़ात*

मैंने ओक्ताविओ पास से
फ़ोन पर कहा
आपसे मिलना है

पास बोले मैं पास हूँ
और चूँकि पास हूँ
तो जनाब
फिर मैं आपसे मिलूँ तो क्यों कर?

गले में अटकी प्रार्थना
जल्दी से निगल मैंने श्रद्धाश्लथ स्वर में विनती की
श्रीमान्...महाशय...महोदय...भूतपूर्व महामहिम
कृपा होगी
यदि बिताएँ
इस पाजी कवि के साथ भी
कुछ क्षण

पाजी हूँ
सुनकर पास का लहजा
हुआ एकाएक निश्चिन्त
बोले भई पहले कहना था न

---

* यह कविता मैक्सिको के प्रसिद्ध कवि ओक्ताविओ पास से नवम्बर, 1985 में हुई एक लम्बी अनौपचारिक बातचीत के बाद लिखी गयी थी। पास को 1990 में साहित्य के लिए नोबेल पुरस्कार से सम्मानित किया गया।

अरे, आप क्यों मिलने आयेंगे
मैं ही आता हूँ

प्रकट भये मैक्सिको के मायामय कवि
गम्भीरता से मुस्कुराते हुए
फूलों से भी कोमल, वज्र से भी कठोर

आते ही हालचाल पूछा
फिर फ़रमाइश की
यार, कविता तो सुनाओ एक ठो
देखें कहाँ तक पहुँचा आधुनिक भावबोध
श्रीकान्त वर्मा के बाद

मैंने ख़ुश होकर कहा आदाब अर्ज़
मुलाहिज़ा फरमायें हुज़ूर
अर्ज़ किया है...

और फिर गिनकर चुप रहा पाँच मिनट

पास ने हुलसकर पीठ ठोंकी
कहा
कविता हो तो ऐसी।

माँ

1.

माँ नींद में कराहती है

रात में न जाने कब उठकर
खाट से गिरी रज़ाई वह मुझे
धीरे से ओढ़ाती है
और बरसों टकटकी लगाकर देखती है

वह अँधेरे में कुछ फुसफुसाती है
और चुप हो रहती है
रात ने उसकी कभी नहीं सुनी

अब उसके पास मौसम नहीं आते
तारीख़ें आती हैं—
पिता के मरने की तारीख़
मकान के दुतरफ़ा मुक़दमा बनने की तारीख़
घर की नींव में गर्दन समेत धँस जाने की तारीख़
और शहर के एकाएक तिरछा हो जाने की तारीख़
वह घर को पहने हुए भी
ख़ुद को बेघर पाती है
वह रंग उखड़े पुराने सन्दूक को देखती है
और उसी में बन्द हो जाती है

दर्द उसके पाँव दाबता है
साँस कमज़ोर छत की तरह गिरती है

और
आँखें बदहवासी के रंगों की मार झेलती हैं

त्योहार लम्बी फ़ेहरिस्त की याद बनकर आते हैं
खाली रसोई में वह
चूल्हे पर लगी कलौंस की तरह बैठी रहती है
और रसोई के किलकने का सपना देखते-देखते
बाहर निकल आती है

एक विशाल बंजर मुँह फाड़े उसकी ओर खिसकता है
वह उसका आना अपनी नसों में महसूस करती है
जहाँ ख़ून कत्थे की तरह जम रहा है
आँधी आने पर वह हवा के साथ-साथ दौड़ती है
वह सभी को छूना चाहती है—उन सभी को
जिनके कन्धों पर चढ़कर आँधी आ रही है
उसकी झुर्रियाँ पिघलती हैं
और सड़कों पर बहने लगती हैं

उसकी हथेलियों के बीचोंबीच एक गहरा कुआँ है
जिसमें दो आँखें रोज़ गिरती हैं
और बीते समय के शान्त जल में डूब जाती हैं

वह चाहकर भी पीछे नहीं लौट पाती
फूलों और रंगों का साथ कुछ ऐसा ही होता है

घर उसके लिए दुनिया की खिड़की है
जिससे वह कभी-कभी झाँक लेती है
वह बरसात में सूख रही धोती की तरह
धूप के इन्तज़ार में है
वह सपने में भौंह पर उगता सूरज देखती है
और उसकी काँपती उँगलियाँ
अन्दाज़ से वक़्त टटोलती हुई
बालों में खो जाती हैं

माँ नींद में कराहती है

और करवट बदल कर सोने की कोशिश में
जनम काट देती है

2.

मैं तुम्हारा नाम लेता हूँ
और एक इक्यावन साल लम्बा अँधेरा
चुपचाप सामने आ खड़ा होता है

एक धुन्ध से दूसरी धुन्ध तक भटकने के बीच
आरी के लगातार चलने की आवाज़
कहीं कुछ कटकर गिरा
तुम्हारे अन्दर-बाहर

उम्र को तलते हुए
तुमने हर पल असीसा
मैं हँसता रहा झूलते-झूलते
तुम्हारे कन्धे पर

वक़्त तब भी इतना ही बेरहम था
लेकिन याद है
उन दिनों बारिश बहुत होती थी
कहीं एक गुल्ली उछली
सड़क पर पहिया चलाते-चलाते
बचपन अचानक ग़ायब हो गया
तुम क्यों मेरा स्याही-सना बस्ता उलट रही हो ?
(गुम्बदों के नीचे
कोई किसी को न पुकारे
वहाँ सिर्फ़ ध्वनियाँ हैं गोलमोल)

मैं तुम्हारे दु:ख में उतरता हूँ
डर की तरह
जैसे गर्भ में (कोई संगीत नहीं ?)
काँपता हो कोई लैम्प

बना चिमनी का नंगा
चिरायँध में डूबता-काँपता डर की तरह

कालिख में भीगे उभरते हैं हाथ
और बहते हैं
फूलों की तरह किसी याद में

धूप बहुत तेज़ हो चली है
तुमसे बात तक नहीं हो पाती
दुनिया का सारा गूँगापन
तुम्हारी जीभ पर दानों की शक्ल में उभर आया है
अचंभा होता है कि ज़िन्दगी...
खनक है, सिर्फ़ खनक
ठनक है तुम्हारे भवसागर की
(कि पार न हों कभी इस अभावसागर से)
ठाकुरजी की आरती करो न!
जाने क्यों ज़िन्दा रहने की तड़प में
लोग ज़िन्दा तड़पते हैं

कैसा मौसम है
बारिश तो क्या उसकी बात भी नहीं
तुमने मुझे
मोर के पैर क्यों दिये माँ?

3.

घर से ख़त आते हैं

मैं काँपता नहीं
क़ातिल जैसे सधे हाथों से
किताबों में रख देता हूँ

माँ किताबों से डरती है
जिनके साथ मैं घर से भागा

4.

सपने में दिखी माँ

वैसी ही सुन्दर, गोलमटोल
जैसी साठ बरस पहले

आँखों में नहीं थीं झुर्रियाँ
गालों में नहीं थी काली गहराई
हाथों से छूटकर नहीं गिर रही थी
दृष्टि

वह स्याह फ़्रेम में जड़े
फ़ोटो में खड़ी थी
गोद में उठाये शायद मुझे

तब उसका चेहरा कातर नहीं था

मल्लिकार्जुन मंसूर

चौहत्तर साल की वह निष्कम्प लौ
एकाएक काँपी
और
उसने चश्मा लगा लिया

ज़रा देखें

सुरों के बाहर भी है
क्या कोई दुनिया ?

मेरा कमरा

मैं इस कमरे में हूँ
उसी तरह
जैसे इस शरीर में

मैं जब उदास गुमसुम होता हूँ
या मुस्कुराता हूँ
या फिर जब खिसियानी हँसी से
ख़ुद को विश्वास दिलाता हूँ
कि
किसी न किसी अर्थ में ज़रूर
मैं भी औरों की तरह दुनिया के लिए
कारामद हूँ
तब मेरे शरीर की तरह ही यह
कमरा भी हिलता है

इस कमरे के चप्पे-चप्पे को मैंने टटोला है
इसकी गर्द में अपनी गन्ध डाली है
इसकी आत्मा पर बाकायदा
मेरी खरोंचों के निशान हैं
यहाँ मैंने मारा और प्यार किया
प्यार किया और मारा

यह कमरा नहीं
पुराने ख़तों का पुलिन्दा है
किसी याद न की जा सकने वाली

मारपीट में फटी क़मीज़ है
मेरे मुँह से निकली पहली गाली है
जो मैंने उस लड़की को दी

यह कमरा नहीं एक टेढ़ा शीशा है
जिसमें कई शक्लें एक साथ दिखती हैं
मैं हाथ चला बैठता हूँ
और वे ग़ायब हो जाती हैं
ज़ख़्मी छोड़कर

यह कमरा नहीं
बरसों से जोड़ी हुई किताबें हैं
जिन्हें पढ़ने का वक़्त
अब कभी नहीं मिलेगा

मैं इस कमरे में रहता रहूँगा
उसी तरह
जैसे इस जर्जर शरीर में

अनुभव

दो काले गुलाब
सिहर उठे

न जाने कितने प्रकाशवर्ष दूर से
आयी एक निःश्वास
और चारों ओर एक महीन-सा जाला बुन गयी

खिंच गयी बहुत दूर तलक
पत्थर पर गहरी लकीर
ज्योतित हो उठी
जनवरी की एक अँधेरी दुपहर
जब अचानक किसी ने कहा—'लो, कॉफ़ी पियो'

जाना

वह जो चला गया
क्या वह
वाकई चला गया ?

उनींदी आँखों की सारी नींद पीछे छोड़कर
गाते-गाते अचानक उठकर
अधूरे गीत के सुर गले में भरकर
चला गया ?

जाते वक़्त क्या उसने नहीं छोड़ी कोई भी ख़ुशबू
नहीं कीं कुछ भी बातें
क्या कुछ भी नहीं बोला
उन चीज़ों के बारे में
जिन्हें वह भूलना चाहता था
क्या वह इतना बेज़ुबान हो गया था
जाते वक़्त ?

वह
जिसके आते ही घर की दीवारें काँपने लगती थीं
जिसके होने से
घर का होना साबित होता था
जो जहाँ था
वहीं घर था
लेकिन यह भी तो सच है
कि

अमलतास के फूल उसके कहने से नहीं खिलते थे
उसके कहने से नहीं होती थी रात की रानी सुहागन
न ही उसके कहने से
कभी तारों ने अपनी दिशा बदली

तो फिर
वह क्या था ?

वह जो चला गया
और
नहीं छोड़ गया अपनी ख़ुशबू भी

लालटेन की चिमनी के चटखने की आवाज़ करते हुए
जब चन्द्रमा तरेड़ खाता है
जब तारे बिलबिलाते हैं और
चाँदनी निर्लज्ज अट्टहास करती है
तब
दसों दिशाओं से यही सवाल गूँजता हुआ लौट कर आता है
कौन था जो चला गया ?

कोई नहीं
बस एक ख़याल
एक स्वप्न
एक शबीह

मैं

मैं एक भरा-पूरा आदमी हूँ
कोई प्रेमपत्र नहीं
जिसे बिना पढ़े फाड़कर फेंका जा सके
और, कान खोल कर सुन लो
मैं कोई तर्क भी नहीं हूँ
जिसे सुने बिना ही
तुम काट दो
न ही मेरा जीवन कम्युनिस्ट पार्टी की तरह है
जहाँ कोई भी आये
और
मेरी आत्मालोचना करके चला जाये

अन्तड़ियों से कलेजे तक आते हुए
विलाप की तरह
मेरा गला नहीं घोंटा जा सकता
मैं बीता हुआ कल नहीं
विकल भी नहीं

छल नहीं
मुझे प्यार ने पछाड़ा है

क्षण

हमने एक-दूसरे की ओर देखा
और मुस्कुरा दिये

मैं सचमुच मुस्कुराया
तुम आदतन

सुबह

आँख खुली
तो नहीं दिखा
तुम्हारा नींद से लहूलुहान चेहरा
नहीं सुनाई दी
उठती-गिरती साँसों की चुप्पा आहट

दोनों तकिये थे मेरे ही सिर के नीचे
रज़ाई भी नहीं गिरी थी पलँग के उस पार
एक भी ग़ायब नहीं
पाँचों अख़बार बालकनी में पड़े थे
गले में भी नहीं चुभ रही थीं
रात में गिलास के साथ तोड़ी हुई बातें
रसोई में पड़ी थी ख़ाली केतली उलटी

लो
हो ही गयी
एक और सुबह
तुम्हारे बिना

तुम्हारा नाम

तुम्हारा नाम
होंठों पर खिला गुलाब
आँखों पर जमा शर्मीला चुम्बन
नीम-बेहोशी में याद आयी कोई पंक्ति
किसी अधूरी कविता की

किसी कभी न जिए जा सके क्षण की कचोट
किसी याद न आने वाले अनदेखे स्वप्न का पहला दृश्य
किसी अनजानी आहट की उत्सुक उपस्थिति

तुम्हारा नाम
इत्ता-सा
और इतना कुछ...!

क्या कभी ले पाया तुम्हारा नाम
ठीक वैसे
जैसे लेना चाहता था
कभी कर पाया बातें
ठीक वैसे
जैसे करना चाहता था
क्या कभी देख पायीं तुम मुझे
जैसा मैं दिखना चाहता था

जैसा मैं था?
मरने का एक सहज तरीक़ा
जीने का एक कठिन सहारा

तुम्हारा नाम

गले में अटकी एक फाँस
होंठों पर काँटे मारता एक गुलाब
एक साँवला रंग
फ़क़त...

औरत का दर्द

वह एक औरत है
जो दूर है
और जो मुझे देख रही है

उस औरत की आँखों में वह सब है
जो उसने अपने दर्द के बारे में
कभी नहीं बताया

उसकी देह में तरह–तरह के फूल
हर साल खिलते हैं
दलदल में वह धँसती है
बढ़ता बोझ टाँगों पर
सँभालने की हड़बड़ी में

मैं देखा जाना सहता हूँ

अपने पुरुष होने के अभिमान पर
लजाता हुआ

फाँसी कोठी के क़ैदी

वे दो थे

उनके पास थी उनकी ज़िन्दगी
जो कभी उनकी नहीं थी
उनके पास थी उनकी मौत
जिससे वे अब तक कैसे बच पाये
यही अचरज था

कोई चिल्लाया—
बलिया के हो, बलिया के
क़ातिल!
अरे, कितने भले थे बाबू साहब इज़्ज़तदार
और तुमने उन्हें भी मार डाला, थू...
अहसानफ़रामोशी तो कोई इन कमीनों से सीखे!

मैंने सीधे उनकी आँखों में देखा

एक अलाव जल रहा था
आत्मा में ठिठुरन थी दीवार पर पहरेदार
आवाज़ दे रहे थे-
जागो
वे जागे
और क़ैद कर लिए गये

जन्मदिन

सुबह उठकर खिड़की खोली
कमरे में अचानक घुस आयी
बहुत धूप, बहुत हवा, बहुत आसमान
एक दिन मैं भी इस दुनिया में
यूँ ही चला आया था

शयनकक्ष

अगल-बगल बनी जुड़वाँ क़ब्रों पर
फूल चढ़ाने रोज़ आते हैं दो अजनबी
नींद की मानिंद बेआवाज़

एक ख़फ़ीफ़-सी आहट होती है जब
दो जोड़ा आँखें पास आकर
बिना ठहरे आगे बढ़ जाती हैं
कोई ख़्वाब में बड़बड़ाता है—
नदी किनारे मत जाना!

अमूमन रात का वक़्त होता है यह
जब परछाइयाँ एक-दूसरे को ढूँढ़ने निकलती हैं
और एक-दूसरे में से होकर गुज़र जाती हैं

बे-अहसास रात क़ब्रों तक आती है
और अपनी लहरों में सारे फूल समेट ले जाती है
फिर क़ब्रें करती हैं
ताज़ा फूलों का इन्तज़ार अगली रात तक

एक आदमी बेहोशी में छटपटाता है
अपना सीना दबाये

समय

समय नहीं मिलता
इन दिनों मेरे पास हर बात का
बस एक ही जवाब है—
समय नहीं मिलता

समय नाम की यह जिंस
आख़िर क्यों नहीं मिलती?
क्या इसकी भी कालाबाज़ारी
शुरू हो गयी है?
क्या तिजारतियों ने इसे
अपने गोदामों में भर लिया है?
क्या इसीलिए कुछ लोगों के पास
समय ही समय है
और कुछ के पास
बिल्कुल भी नहीं?

मैं पूछता रहता हूँ ऐसे ही सवाल
समय-असमय
और पाता हूँ
कि समय हर किसी के पास है
उनके पास भी जिन्हें हर समय पता रहता है कि
उनके पास है
और उनके पास भी
जिन्हें हर क्षण यह अहसास होता रहता है
कि उनके पास वह नहीं है

सभी के पास समय है
और सभी का समय
अलग-अलग है
यूँ यह बात दीगर है
कि समय किसी का भी नहीं होता

पुराने लोग कहा करते थे कि
हर बात के होने का एक समय होता है
इसलिए हर बात को
उसके समय पर ही होना चाहिए
मसलन फ़िल्मों में प्रेम तभी होता है
जब अमीर लड़की की विदेशी कार
ग़रीब लड़के की साइकिल से टकरा जाये
इसके फ़ौरन बाद गाने का समय हो जाता है
और थोड़ी देर बाद दर्शकों के जाने का
लेकिन जीवन में क्या कुछ भी समय
से घटित हो पाता है?

क्या रोटी ऐन उस वक़्त मिल पाती है
जब अन्तड़ियाँ भूख के मारे एक-दूसरे को
काट रही हों
क्या किसी विस्मृत गीत की कड़ियाँ
उस क्षण याद आ पाती हैं
जब उन्हें गुनगुनाने को
भीतर से हूक उठ रही हो
और तो और
क्या ज़िन्दगी में
प्रेम, शादी और बच्चे जैसी
साधारण-सी घटनाएँ भी
समय पर हो पाती हैं?

(समय से छुट्टी तक तो मिल नहीं पाती दफ़्तर से
फिर आप क्या समय-समय किये जा रहे हैं

इतनी देर से?
जो आपका समय है
वही मेरा कुसमय है)

समय तो सबका आता है,
पर ज़रा अलग-अलग ढंग से
देर या सबेर
पर जब आता है
तब पता भी नहीं चलता
कि हमारा समय पूरा हो गया है
घण्टी बज चुकी है
और अब बस तख़्ती-बस्ता उठा कर
भाग लेना है

कितना कुछ जान गया हूँ
मैं समय के बारे में
मैं
जिसके पास समय ही नहीं है

ख़ैर!
मेरा समय भी आयेगा कभी-न-कभी
तब समझोगे कि
जब समय की लाठी पड़ती है
तब आवाज़ तक नहीं होती
फ़िलहाल तो मस्ती काटो
मेरे पास समय ही नहीं
किसी को भी समय बताने का

शाप के सहारे

एक शाप के सहारे जीते हुए
कैसा लगता है?

कैसा लगता है
जब रात नींद की आँखों में
कीलें ठोंक कर चली जाती है
और हम छटपटा तक नहीं पाते
बस घबराकर कूद पड़ते हैं
उजाले से भरे एक कुएँ में

आँखों में अधजली चिताएँ ढोते हुए
हम बार-बार कोशिश करते हैं
किसी दूसरे जन्म में जाने की

(रहोगे तुम यहीं अष्टावक्र!
ढोओगे एक ही जन्म में
आठ जन्मों की पीड़ा
तड़पते रहोगे जब तक शेष है
तुम्हारे अंगों में लेश मात्र भी जुंबिश
नहीं ले सकोगे अब फिर कोई जन्म)
जिस जगह हम बुत बने खड़े हैं
एकदम वहीं पत्थरों पर गिरकर रोशनी टूटती है
हर शाम बेहरक़त जीभ पर
कबूतर पंख फड़फड़ाते हैं
और हम समझते हैं

कि
शब्द तड़प रहे हैं

वक़्त की तरह ही
हम भी टुकड़ा-टुकड़ा होकर चलते हैं
तलुओं से रेत पर
आकृतियाँ बनाते हुए

किसी तरह दिन-दिन करके
बीतते जाते हैं साल पर साल
छीजते जाते हैं
आत्मा पर के वस्त्र
डूबते जाते हैं हम एक विलाप
करती झील के अँधेरे में
और
रोज़ सुबह उठने पर सोचते हैं
कैसे कटेगा यह जनम
इस शाप के सहारे

अपनी ज़िन्दगी

इस शहर में खोजती फिरती है
हवा
जब खाली हवा को
मैं ढूँढ़ने निकलता हूँ
अपनी ज़िन्दगी

पीछे छोड़कर आया हूँ
सारी यादें, सारे अरमान, सारे दुःख
पढ़ी-अनपढ़ी किताबें,
पूरी-अधूरी कविताएँ और...
और भी बहुत-सी ऐसी ही फ़िज़ूल चीज़ें
जिन्हें रखने की जगह
कम-से-कम मेरी एक कमरे की बरसाती में तो नहीं

(जब होगी तब ये सब न होंगे
मुहब्बत करने वाले कम न होंगे)

यह घर है
या रोज़-रोज़ होने वाली कोई दुर्घटना
जिससे मैं हर बार बाल-बाल बच निकलता हूँ
घर मेरी ओर बढ़ता है
रात ग्यारह में सड़क पर
दहकते अंगारों की शक्ल में
मैं दुबक कर उसमें घुस जाता हूँ
ताकि सुबह हो सके घर में
दफ़्तर में हो सके रात

ख़बरों के कचड़े के बीच जहाँ
सूअर की तरह फैलकर सो सकूँ टेलीप्रिंटर की बगल में

(पत्नी घर में है)

बहुत समझाते हैं दुनियादार दोस्त
लिज़लिज़ी कविताओं में गला फाड़ भाषण देते हुए
क्रान्तिकारी कवि-मित्र,
गालियाँ बकते
सनकी पत्रकार अख़बार-से मुड़े-तुड़े
जेब के रूमाल जैसे घिनौने
बुद्धिजीवी

पर मैं भी एक ही सख़्तजान
सबको कन्नी दे धँस पड़ता हूँ
अमज़द अली ख़ाँ के सरोद में
जिसकी गोद में बैठी
सजी-सँवरी कुलललनाएँ
एहतियातन तालियाँ बजा रही हैं रुक-रुक कर
बतिया रही हैं कि कैसा होता है घर का खटराग

(वही जिसे कहते हैं मल्लिकार्जुन मंसूर राग खट!)

आख़िरकार अमज़द जी भी तोड़ ही डालते हैं तार
और मैं रात्रि सेवा की बस में सवार
एक बार फिर निकल पड़ता हूँ
ज़िन्दगी की खोज में
नया टिकट लेकर

दिनारम्भ

सुबह के वक़्त
कुछ भी साथ नहीं होता

न दिन की चालाकियाँ
न रात के भोले सपने

एक हल्का-सा ग़ुस्सा आता है
बस
अपने को फिर से देखकर

कविता की वापसी 1980

कुछ घोड़े हिनहिनाये
कुछ रथ दौड़े आये
कुछ बाजे बजे
कुछ राजे सजे
कुछ मालाएँ पड़ीं
कुछ मालाएँ सड़ीं
कुछ प्रसाद बँटा
कुछ शोर छँटा
सबने दी बधाई
कविता वापस तो आयी

नववर्ष की पूर्व सन्ध्या

एक और साल
दिल को बेजान करके चला गया

अन्धी रातों की बड़ी-बड़ी आँखों में
छलाँग लगा कर
मृगशावक-सा यह दिल
आज भी कुलाँचे भरना चाहता है
चाहता है तपती हुई दुपहरी में उछल कर
सूर्यकिरण का मुँह चूमे
और चम्पत हो जाये

और जब साँझ आये ग़मों की मारी बेचारी
तब उसे कस कर एक दुलत्ती मारे और दाँत चियार दे

मुद्दत हुई ऐसा कुछ भी हुए
इस साल भी कुछ नहीं हो पाया

यह साल तो बस दिल को बेजान ही करके चला गया

जब यह ऐसा था
तो उससे क्या उम्मीद रखें जिसने अभी तक चेहरा ही नहीं दिखाया
पता ही नहीं कि उसके गाल पर मस्सा है या तिल
उसे पुकारेंगे तो वह आवाज़ भी पहचानेगा या नहीं
उसकी छुअन में क्या वह छुअन शामिल होगी
जो इस साल नहीं थी

यह साल तो गया
और साथ में लेता गया

एक
बेजान दिल

टूटना

प्रेम अन्धा नहीं होता
प्रेम में हम अन्धे होते हैं

जो नहीं भी होता आस-पास
हमें उसकी भी आवाज़ आने लगती है
जिसके आने की कोई उम्मीद नहीं
उसके क़दमों की आहट भी सुनाई देने लगती है
झलक दिख जाती है उसकी भी
जो कभी यहाँ आया ही नहीं

जिसने कभी सोचा तक नहीं हमारे बारे में
हम अचानक उसकी बातें करने लगते हैं
उससे बातें करने लगते हैं
देर-देर तक
ख़ामोश बैठे हुए

जिन दीवारों से कोई आवाज़ टकरा कर नहीं लौटती
हम उन दीवारों से ही टकराने लगते हैं
मुस्कुराते-मुस्कुराते
सुबकने लगते हैं बात-बेबात

प्रेम पागल नहीं होता
प्रेम में हम पागल होते हैं
बेवक़ूफ़ियाँ करते हैं जानते-बूझते
शर्मिन्दा हो जाते हैं बिना ग़लती जाने ही
जानकर भी गिर पड़ते हैं मोह के अंगारों भरे कुएँ में

स्मृतियाँ भी धोखा देने लगती हैं
याद नहीं रहता दो मिनट पहले क्या कहा था
और हमेशा याद रहता है
जो कभी नहीं कहा

आँखें किसी भी दिशा में ताकने लगती हैं
कान कोई भी आवाज़ सुनने लगते हैं
चारों ओर कितना भी शोर मचा हो
मन में घुप्प सन्नाटा छाया रहता है

टूटते हैं न जाने कितने आईने
दरकती हैं न जाने कितनी शक्लें
बरसते हैं न जाने कितने बादल
तरसते हैं न जाने कितने मरुस्थल

प्रेम नहीं टूटता
न किसी को तोड़ता है

हम ही टूटते हैं
हम ही तोड़ते हैं प्रेम को

दुःखान्त प्रहसन

वह कोंपल अचानक कहाँ से फूटी
वह सोता एकाएक कहाँ से उछला
किस दिशा से आयी वह मायावी गन्ध
किस क्षण छोड़ा पुष्पधन्वा ने तिर्यक गति वाला
अचूक सम्मोहन-शर

कब हुआ मेरे गतकर्मों का निर्णय
किस क्षण हुए सभी पुण्य क्षीण
कौन-सी साइत निकली जो
रोक दिया गया
मेरा राग आलाप के ही बीच

कब और क्यों हुआ
इस दु:खान्त प्रहसन का पटाक्षेप

सूत्रधार को भी मालूम कहाँ!

कुछ भी नहीं

कपड़ों के साथ पहनी गयी नींद में
चलते हुए
ख़ामोश हम
अपने शरीरों के आर-पार देख सकते हैं

देह होती है तो उसके सिवा
मन भी होता है
मन होता है तो उसके सिवा
देह भी होती है

सब कुछ होता है
पर
कुछ भी नहीं होता

हम अँधेरे से लदी भेड़ों के सिरों को लाँघते हुए
उस जगह पहुँचते हैं जहाँ
शब्द सिर्फ़ शब्द नहीं रहते
उनमें कुछ अर्थ भी होते हैं

उस अकेले दुःख के भीतर
हमें बचाने कोई नहीं आता
और
संगमर्मर की बारिश-सी चाँदनी
हमें अपने आग़ोश में ले लेती है
पर
नींद से जगाने हमें कोई भी नहीं आता

जब रात के नाख़ून हमारी गर्दन पर गड़ते हैं
हम सोये रहना चाहते हैं
क्योंकि
तुम्हारी उँगलियों की नन्ही-नन्ही मछलियाँ
हमारे बालों की स्याह नदी में तैरती हैं

हम डूबते हैं
तुम्हारी हँसी के ज़हर में
सुबह के साथ-साथ
ख़त्म होते हुए

स्मृति

मैंने अभी तक सहेज कर रखे हैं तुम्हारे बाल
अपनी आँखों में
पलकों में तुम्हारा ग़ुस्सा
कोट की जेब में गरमाई
जो तुमने छोड़ी थी
अपना हाथ डाल कर
जनवरी की उस कँपा देने वाली रात में सड़कों पर घूमते हुए

मैंने अभी तक सहेज कर रखी है
तुम्हारी वह हँसी अपने होंठों पर
जो अब
तुम्हारे होंठों पर कभी नहीं दिखती

सहेज कर रखा है अभी तक
उन आँसुओं का नमक
जीभ की नोक पर
जो अब पूरी तरह सूख चुके हैं

क्या तुमने भी कुछ सहेजा इतने सालों में ?

अजीब ही था न
कि हमने कभी एक-दूसरे से नहीं पूछा
कि मैं क्यों कुढ़ा रहता हूँ तुमसे हर वक़्त बात-बेबात
और क्यों
तुम मुझसे नाराज़ नहीं रह पाती हो
दो-तीन दिन से ज़्यादा

क्यों
जब मैं हँसता हूँ
तो
गड्ढे तुम्हारे गालों में पड़ते हैं?

लेकिन
मेरी रुलाई का तो तुम पर
कोई असर नहीं होता

क्यों?

एक बात कहूँ
बुरा मत मानना

तुम भी बस लापरवाही की हद हो

तुम्हारी सब किताबों पर मैंने
अपना नाम लिख लिया है!

दिल

यह जो जागा बाईस बरस बाद
अकस्मात्
यही तो मेरा दिल है

दिल
जो अचानक आया
और कूद पड़ा
छुड़ाकर नींद की नामालूम-सी उँगली

अरे
यही तो है मेरा दिल
जो अचानक धड़कने लगा

सीने के बायीं ओर खुदे
बाईस बरस गहरे गड्ढे में

रागदर्शन

मालकौंस में कलौंस न हो
दरबारी अख़बारी न लगे
यमन में वमन न हो
और,
मारवा में खारवा न हो
तो मैं कहूँगा

मैं सुखी हूँ

मैं सुखी हूँ
क्योंकि मैंने गौड़ सारंग का रंग उड़ते नहीं देखा
जब-जब भी मल्लिकार्जुन मंसूर को गाते सुना
अल्हैया बिलावल की बिलबिलाहट नहीं सुनी
जब अलाउद्दीन ख़ाँ ने सरोद पर उसे उकेरा
तोड़ी का तोड़ना नहीं देखा
कृष्णराव शंकर पण्डित को सुनते हुए

मैं सुखी हूँ
क्योंकि आज भी रोशनआरा बेगम का शुद्ध कल्यान शुद्ध है
अब्दुल करीम ख़ाँ के सुर सारंगी को मात दे रहे हैं
फ़ैयाज़ ख़ाँ की जयजयवन्ती की जयजयकार है

केसरबाई की तान की तरह
आज
मैं सुखी हूँ

राग की आग
वही जानता है जो इसमें जला है
ढला है जिसकी शिराओं में अनेक श्मशानों का भस्म कुण्ड
जिसने विद्ध किया है जीवित और मृत सबको
राग के देवसिद्ध शर से

बिहाग के नाग
जब लिपटते हैं
और निखिल बैनर्जी जब अल्हड़ प्रेमी की तरह
उनकी आँखों में आँखें डालकर
सितार को बीन की तरह बजाते हैं
तब
मुझे लगता है
मुझसे अधिक सुखी कोई नहीं

मैंने आज
राग देख लिया

तिलक कामोद

रात में कभी-कभी
बाँसुरी बजती है
चन्द्रमा की नाभि से झरता है
अजस्र जीवन रस
और
ठीक उसी समय
छतों पर टहलती हैं
कुछ परछाइयाँ
एक-दूसरे से बिल्कुल विलग
विकल

सकल जड़-जंगम से लोहा लेती हुई
बादलों के इक्का-दुक्का पोरों से
एकाएक उठती है
केसरबाई की तान
भिगो देती है अन्धकार की चादर

यह तिलक कामोद है

मालूम नहीं कहाँ हो रहा है यह रास
भीतर या बाहर
बाहर या भीतर
या समस्त ब्रह्माण्ड में
सुर-संगत रागविद्या संगीत प्रमाण
चीते की चीत्कार जैसी तान की छलाँग
राग-रहस्य की ढीली लाँग

गहन–गह्वर में सबसे इतर
इतराई हुई
धुरी यही है जीवन की

यही बाँसुरी है
जो
जब बजती है तो
चन्द्रमा की नाभि से
तिलक कामोद झरता है

अन्त

जाने के बाद भी
छूटी रह जाती है एक छाया
धुन्ध की तरह टँगी रहती है
सारे घर के ऊपर

ग़ुस्सा, डर, आतंक, प्यार
सभी हो जाते हैं विलीन स्मृति में
बचा रहता है केवल
एक स्थायी दुःख

फ़्रेम में जड़ी यादें
कुछ गूँगे शब्द
शून्य में चित्र बनाती हुई दृष्टि

निगमबोध घाट पर एक लाश को जलाकर
कई-कई लाशें लौट आती हैं घर वापस
और शुरू करती हैं
अपना दैनन्दिन जीवन

एक जीता-जागता आदमी
अचानक चला जाता है अपनी कार की चाबी पकड़ा कर
और
बन जाता है अतीत

चौराहे पर लड़की

रोज़ दिखती है उसी चौराहे पर
सर्दी, गरमी, बरसात, ओले, आँधी, लू
कुछ भी नहीं रोक पाता उसे

बन्दरिया की तरह एक नन्हे से बच्चे को सीने से चिपकाये
वह हर कार के पास जाकर हाथ फैलाती है
पक्का रंग है उसका, साँवले से कुछ गहरा ही
चेहरा खुरदरा है पर एक अजीब-से सौन्दर्य से दीप्त
आँखें वैसी ही सूनी
जैसा उसका घर
स्थगित यौवन
सूखे झरने सा

मैं अक्सर दूर से ही उसे देख लेता हूँ और
कार ऐसी जगह रोकने की कोशिश करता हूँ
जहाँ वह हरी बत्ती होने तक पहुँच न पाये
दुविधा में रहता हूँ हरदम ऐसा करते हुए
क्या मैं पैसे बचाने के लिए ऐसा कर रहा हूँ
या ख़ुद को बचाने के लिए?

कभी-कभी दिये भी हैं मैंने उसे पैसे
जब वह आ ही गयी ठीक खिड़की के सामने
उसे तो क्या पता चला होगा
कि पैसे उसकी हथेलियों में गिरे
और आँसू मेरी जेब में
कभी-कभार उसका बच्चा कुनमुना कर

अपने जीवन का सबूत देता है
और मैं सोचता रह जाता हूँ
क्या इसका जीवन कभी शुरू भी होगा?

यह सब भी मैं लाल बत्ती पर रुके हुए ही सोचता हूँ
वरना हमें अब कुछ भी सोचने का शऊर कहाँ रहा?

जादू

एक राग झरता है
जंगली ख़ुशबुओं के रंग-बिरंगे फूल
खिलते हैं
मालिनी नदी के किनारे
बाढ़ आती है
जब कोई दुष्यन्त
किसी शकुन्तला से मिलता है
उद्दाम यौवन के जोम में

रोशनी के अदृश्य घेरे के भीतर से
फूटती है रोशनी
और
कसमसाते तारों को छेड़ता हुआ
रात का अलस हाथ
थिर हो जाता है

जब रात सो जाती है
तभी यह जादू पूरी तरह से जगता है

दिल यकायक डूबने लगता है
कहीं कोई सरोद बजाता हो शायद

जानना

रोज़ जीते हैं
रोज़ मरते हैं
लेकिन
न ठीक से जीना जानते हैं
न मरना

सदियों तक पतियों के साथ रहने के बाद भी
पत्नियों को नहीं लगता कि
उन्हें जानने की कोई ज़रूरत थी
भूल जाती हैं
कि कभी उन्हें जाना भी था

वे जानना ही भूल जाती हैं

पहचानती भी नहीं हैं उनकी शक्लें
सिर्फ़ स्पर्श याद रहता है

और पतियों को
कभी यह अहसास भी नहीं होता
कि वे पत्नियों के साथ रह रहे हैं
उन्हें जानना तो बहुत दूर की बात है

जिस शरीर को हम अपना समझते हैं
रहते हैं जिसमें ज़िन्दगी भर
उसे ही कितना जानते हैं?
दिन भर देश और देशप्रेम और वसुधैव कुटुम्बकम् की बातें करते हैं
लेकिन

अपने क़स्बे तक को ठीक से जानते नहीं

मेरा छोटा-सा क़स्बा नजीबाबाद

क्या मुझे पता है वह कितने किलोमीटर में फैला है
कितने नये मुहल्ले बस गये हैं बाबरी मस्जिद के बाद
कितने जने रोज़ रात में सोते हैं ख़ाली पेट ?

क्या मुझे भनक भी है कि वह दुकान कहाँ चली गयी
जहाँ से ख़रीदते थे पतंग
उन बड़े मियाँ पतंगसाज़ के घर का क्या हुआ
जो जल गया था पिछले दंगे में
कहाँ गये सारे के सारे रफ़ूग़र
उनका एक पूरा मुहल्ला ही था

ये सब बड़ी बातें हैं
मुझे तो यह तक नहीं मालूम कि
अब वहाँ पहले जैसी रबड़ी क्यों नहीं बनती
और क्यों सोनपापड़ी अब वैसी सोनी नहीं रही
कभी-कभी लगता है
सार्थक है उन्हीं का जीवन
जिन्होंने कुछ नहीं जाना
किसी को नहीं जाना
और ज़िन्दा रहे

जिजीविषा

मैं जीना चाहता हूँ
ताकि तुम्हें देखता रह सकूँ

मर गया
तो तुम्हें

देखूँगा कैसे ?

दिनचर्या

रोज़ आता है दिन
जैसे लम्बी चुप्पी के बीच
कोई एक शब्द

फिर एक ऐसा क्षण भी आता है
जब सड़क के बीचोंबीच चलते-चलते
वक़्त की राख गिरने लगती है कन्धों पर
और लोग
सलाम के लिए उठा हाथ
भूल जाते हैं जेब में
वापस डालना

मेरे पास कुछ नहीं है
उस क्षण को
देने के लिए

रात होती है
और उसके मर्मभेदी सन्नाटे में
बिना किसी हलचल के
लोग जागते हैं
और फिर क्रम से
एक के बाद एक
सोने चले जाते हैं

रोज़ जाता है दिन
जैसे अचानक मिलने के बाद
कोई बहुत पुराना दोस्त

मैं सिर्फ़ देखता हूँ

यही जीवन

यूँ तो यह जीना भी कोई जीना है
फिर भी
अगर मृत्यु के बाद
दुबारा यहाँ आ गया
तो जीना चाहूँगा एक बार
फिर
यही जीवन

शायद तब पढ़ सकूँ वे सब किताबें
जो मैंने कई घटिया-सी नौकरियाँ करते हुए
पैसे बचा-बचाकर ख़रीदी थीं
बल्कि कुछ के लिए तो उधार भी लिया था

शायद लिख पाऊँ वे सभी कविताएँ
जो स्वप्न में तो दिखाई दे जाती हैं
पर आँख खुलते ही
फुर्र हो जाती हैं

दुबारा यही जीवन मिले अगर
तो शायद उन सभी दोस्तों से मिल सकूँ
जिनके अब नाम भी याद नहीं
लेकिन
जिनकी शक्लें अब भी आँखों के आगे आ जाती हैं
अनायास
और हाँ,

शायद उन सभी शहरों में भी जा सकूँ
जहाँ बढ़िया खुरचन मिलती है
और
जिनसे प्रेम करने के बावजूद कभी कह नहीं पाया
उनसे कहने की हिम्मत जुटा सकूँ

इन सबसे भी ज़्यादा ज़रूरी एक और काम है
जो मैं करना चाहूँगा
बड़ा भाई जो बाँह छुड़ाकर चला गया हमेशा के लिए
उससे कहूँगा
मुझे वहाँ याद रखे
जैसे मैं उसे यहाँ रखता हूँ

रेलवे स्टेशन का पुल

मुझे उससे बात करनी है
बेहद ज़रूरी बात
इसीलिए तो यहाँ आया हूँ
रेलवे स्टेशन के इस पुल पर

हम रोज़ शाम को हवाखोरी के लिए आया करते थे
किशोर थे हम
और थे एकदम बेफ़िक्र
किशोरों की तरह
रेलगाड़ियों को देखते रहते थे
और सोचते थे
किसी दिन ये हमें भी कहीं पहुँचाएँगी

आज तो वह सब कुछ सपना लगता है
यह शाम भी तो सपना ही है
जिससे बात करनी है वह तो मेरे साथ-साथ ही आया है
उसके साथ तो कहीं भी बात हो सकती थी
यहाँ आने की क्या ज़रूरत थी

आज भी रेलगाड़ियाँ आ-जा रही हैं
पर पुल पर खड़े-खड़े लग ही नहीं रहा
कि पैंतालीस साल बाद यहाँ आया हूँ
लग रहा है
तब से यहीं तो खड़ा हूँ
बिना हिले-डुले

वह अचानक चला गया
एक गाड़ी को दौड़ कर पकड़ लिया था उसने
जो बोल रहा था वह वाक्य भी
बीच ही में छोड़ दिया था
'शास्त्री, मैं अभी आया'
कह कर चला गया था दौड़ता हुआ

मैं अभी तक उसके इन्तज़ार में हूँ
हालाँकि मुझे अच्छी तरह मालूम है
इस तरह से गाड़ी पकड़कर छूमन्तर हो जाने वाले
कभी वापस नहीं आते

अपना अधूरा वाक्य पूरा करने
वह ज़रूरी बात कहने
जिसे करने मैं आज यहाँ चला आया
इस पुल पर
जिस पर से होकर हज़ारों मुसाफ़िर रोज़ गुज़रते हैं
लेकिन
जो किसी से किसी को नहीं जोड़ता

एक शाम को दूसरी शाम से भी नहीं

लंच पर प्रेम

वह एक क्षण
कैसा था!

अद्वितीय, अलौकिक, असम्भव

दुर्निवार मासूमियत के साथ-साथ एक मोहक खिलवाड़
एक दीप्ति जो स्वप्नलोक के गहन गह्वर में क्रीड़ा कर रही थी
एक अलिखित सन्देश जो जाना चाहता था
उस अलक्षित प्रिया के पास
जो कहीं थी ही नहीं

वह एक क्षण
जब उसने कहा
मेरे सम्बन्ध थे लेकिन उजड़ गये
उखड़ गया मेरे अस्तित्व का खूँटा
लेकिन आज भी मैं
जीवित हूँ
एक स्वाधीन व्यक्ति की तरह

मुझमें कोई कमी नहीं है

उसकी वह बेधक दृष्टि
आज भी मुझे याद है
उसी ने मुझे विश्वास दिलाया
कि
उसकी तरह ही

मैं भी हूँ
एक स्वाधीन व्यक्ति

क्योंकि

प्रेम ही बाँधता है
और वही
मुक्त भी करता है

यह मेरे जीवन का
कभी न होने वाला
सबसे बड़ा प्रेम था

शब्द-परिचय

1.

(रुमझुम के लिए)

शब्दों के इस बवण्डर में से
क्या मैं तुम्हें दे सकता हूँ
कोई एक शब्द
कोई एक वाक्य
कोई एक चमकता पत्थर
यह कहकर कि—
'सँभालकर रखना,
कभी काम आयेगा
मत चला देना इसे जिस-तिस पर
झाड़-पोंछ कर रखे रहना इसे
ताउम्र'

शायद नहीं
अच्छा हो अगर तुम ख़ुद ही ढूँढ़ो
वह चमकीला पत्थर
जो कभी चकमक बने तो कभी
नुकीला हथियार
अच्छा हो तुम ख़ुद ही सीखो
शब्दों के भीतर यात्रा करना
और जानो
कि हर शब्द
कितना चिथड़ा हो चुका है

कितनी भोंथरी पड़ चुकी है उसकी धार

तुम्हारी उम्र के बच्चों के लिए
दिये जाते हैं आशीर्वाद
मानी जाती हैं मन्नतें
बरसाया जाता है प्यार-दुलार

लेकिन मैं ऐसा कुछ नहीं कर पाऊँगा
सिर्फ़ कहूँगा एक ही बात

विश्वास केवल अपना करना
शब्दों का नहीं
वे चाहे किसी के भी क्यों न हों
इनका भी नहीं
जो आज मैं तुम्हें दे रहा हूँ

2.

(छोटू के लिए)

इन्हें अँजुरी में भर लेना
सोचना ये शब्द नहीं
फूल हैं
मेरी चिन्ताओं के

जब पुष्पधन्वा आयेगा
तब तुम्हारे काम
न तो ये शब्द आयेंगे और न ये फूल
काम आयेगा केवल काम
क्या तुम भुजाओं में भर कर
भींच सकोगे हरेक क्षण
सँजो सकोगे उसकी हर ध्वनि, हर मुद्रा, हर भंगिमा
निचोड़ सकोगे पूरा का पूरा सत्व ?

फेंक पाओगे कुदाल

क्यारियों के भीतर फैली पुष्प-पंक्तियों के बीच
कर पाओगे सिजदा
हर बुतनुमा बुत के आगे?

झेल सकोगे प्रेम और घृणा के झंझावात
बचे रह सकोगे दलदल पर चलते हुए?

प्यारे छोटू!
अगर तुम यह सब न कर पाये
तो सच जानो
ज़िन्दगी बहुत मुश्किल रहेगी

पुरखों के पुण्य तुम्हारे साथ रहें!

ऐतबार

सभी कुछ चला जाता है

जलन जैसी शामें
कफ़न जैसी रातें

जीवन दबे पाँव चला जाता है
बिना कुछ कहे

कुछ भी नहीं रहता
न तुम
न मैं
और
प्रेम तो बिल्कुल भी नहीं

प्रेम आया
हरा-भरा कर गया
प्रेम आया
सब कुछ उजाड़ गया

फिर भला
ऐसे प्रेम पर
कोई
ऐतबार कैसे करे ?

सुबह और सपने

मेरी तरह
मेरी सुबह भी काफ़ी अजीब है
कभी भी हो जाती है
रात के दो बजे
तो दिन के दो बजे भी
जब आँख खुले तभी सवेरा
यह कहावत शायद मेरे लिए ही बनी थी

सुबह तो सोने के बाद होती है
लेकिन सोना होता ही कहाँ है?

नींद की बस लपटें-सी उठती हैं
और सब कुछ राख कर चुकने के बाद
मेरी पलकों पर ठहर जाती हैं
तभी मुझे नींद आ पाती है थोड़ी-सी देर
लेकिन सपने नहीं आते

उन्हें मैं जागते हुए देखता हूँ

देखता हूँ कि एक आदमी
लगातार झूठ बोलता जा रहा है
लोगों की जेब से नोट निकाल कर
रद्दी काग़ज़ भर रहा है
और लोग ख़ुशी से नाच रहे हैं
भेड़ियों की भीड़ चौराहों पर जमा है
और बकरियाँ उन्हें हार पहना रही हैं

भूखों के आगे गाय का गोबर और गौमूत्र परोसा जा रहा है
और वे कृतज्ञ होकर थालियों को ढोलक की तरह बजा रहे हैं

अच्छा है ऐसे सपने मुझे सोते में नहीं आते
वरना जो रही-सही नींद आती है
वह भी चली जाती

जाग कर जो चेहरा देखता था हमेशा
वह तो चला ही गया है

जाने दो

जाने दो
उन हवाओं को
जो हमारे अन्तरतम से होकर
गुज़र गयीं
उन स्मृतियों को
जो अस्तित्व की सूखी धार को
अमृत से सींच कर
विलीन हो गयीं एक अदृश्य आकाशगंगा में
उन विदेह संकल्पों को भी
न रोको
जो देह की कारा को तोड़
फ़रार हो गये हैं

सबको जाने दो

कोई यहाँ सदा के लिए नहीं आया है
किसी के पास भी
उस ख़ज़ाने की चाबी नहीं है
जिसमें आत्मा की रत्न-मंजूषा रखी है
और जिसके चारों ओर
पाप के मणिमय नाग फुंकारते हुए
पहरा दे रहे हैं

न प्रेम हमेशा के लिए है
न नफ़रत

न ही किसी के साथ हमेशा रहा जा सकता है
न ही किसी से सब कुछ कहा जा सकता है

जाने दो
शब्दों को भी जाने दो
भावनाओं को भी
कामनाओं को भी

सच को भी
झूठ को भी

बस बचा रहने दो
एक मुट्ठी भर
अवसाद

ग़लती

हम आज वही ग़लतियाँ कर रहे हैं
जो कल की थीं
और कल भी करेंगे

अपनी ग़लतियों से हम कभी सबक़ नहीं सीखते
अगर सीखते
तो हम वही नहीं होते जो हैं
और
हमारा समय भी कुछ और ही होता

ग़लतियों को दुहराने से
तभी तो बचा जा सकता है
जब हमें पता हो कि हम क्या ग़लती कर रहे हैं
ग़लती करने का मज़ा ही यही है
कि कोई अगर दिखा दे
तब भी हमें वह नज़र नहीं आती

और जब नज़र आती है
तब तक हम उसे
न जाने कितनी बार
दुहरा चुके होते हैं
सबको पता है
प्यार में बर्बादी के सिवा कुछ नहीं रखा
फिर भी प्यार करते हैं
एक बार नहीं
कई-कई बार

दुश्मनी करते हैं
और दुश्मन के साथ-साथ ख़ुद भी बर्बाद होते हैं
हर युद्ध में तबाही हुई
लेकिन युद्ध आज भी हो रहे हैं

हज़ारों साल हो गये युद्ध लड़ते-लड़ते
लेकिन हमें आज तक इसमें कोई ग़लती नज़र नहीं आयी
उलटे उसे शौर्य और गौरव का प्रतीक बना कर
हमने अपने सिर पर मुकुट की तरह रख लिया

हम आज जो ग़लती कर रहे हैं
वही कल भी करेंगे
उसका नाम भले ही कुछ भी रख दिया जाये

दहशत

पूनम का चाँद
एक चट्टान बनकर
खोपड़ी फाड़ता हुआ गिरता है
और,
आसमान में फैले तारों के कँटीले झाड़
दिल को आर–पार बेधकर
अदृश्य हो जाते हैं

एक पत्ता तक नहीं खड़कता
साँस अति द्रुत लय का झाला बन जाती है

मुँडेर पर बैठकर रात की चील मुस्कुराती है

एक दहशत–सी होती है
ख़ून जमता–सा लगता है
जब अचानक दूर से
किसी आदमी की चीख़ें सुनाई पड़ती हैं

कुछ लोग गुर्राते हुए दहाड़ते हैं—

'अबे हरामी ! गौमाता को कहाँ लिए जा रहा है ?'

चौकीदार की चिन्ता

कल मुहल्ले का चौकीदार मंगलू मिला
बहुत परेशान था
नौकरी रहेगी या जायेगी
कुछ समझ नहीं पा रहा था

नौकरी चली गयी तो
परिवार कैसे चलेगा
वह तो चल कर कहीं जा नहीं सकता

किसके पास जाये
सिफ़ारिश कराने
जब ख़ुद प्रधानमन्त्री की नज़र
उसकी नौकरी पर है
वह चौकीदार बन गये हैं
और उनकी देखा-देखी
जिसे देखो वही चौकीदार बन रहा है

मंगलू परेशान है
ये सब मेरी ही नौकरी के पीछे क्यों पड़े हैं?

इन्हें कुछ पता भी है
चौकीदारी करना
इतना आसान है क्या
सुना है कई बैंक तबाह हो गये
और उन्हें तबाह करने वाले
चौकीदारों से साफ़ बच निकले

फिर उन्हें लन्दन के राजमार्गों पर ही देखा गया
साहब लोग आपस में बात कर रहे थे कि
एक बैंक की तो चौकीदारनी ने ही उसे लूट लिया

मंगलू को पता है
लू भरी रातों में
लाठी फटकारते हुए
'जागते रहो' की आवाज़ लगाना
और पूरे मुहल्ले के चारों तरफ़
चकरघिन्नी की तरह लगातार घूमते जाना
कितना मुश्किल है

जागते रहने के लिए
जनवरी की हड्डियाँ जमा देने वाली रातों में
वह अक्सर आग नहीं तापता
ताकि नींद के झोंके न आ सकें

क्या ये बड़े लोग
कर सकेंगे यह सब?
कर सकते होते
तो करते ही
चौकीदार की वर्दी पहनने का
बहरुपिये की तरह
स्वाँग क्यों रचते

जो भी हो,
मंगलू तो रुआँसा है
उसकी तो नौकरी पर
आ बनी है
फिर भी कभी-कभी उसे
हल्की-सी ख़ुशी भी होती है
आज प्रधानमन्त्री ख़ुद
उसके साथ कॉम्पिटिशन में हैं!

निषेध

अब किसी दिन
आ मत जाना

इतनी मुश्किल से
तुम्हारी अनुपस्थित उपस्थिति के साथ
रहने की आदत पड़ी है
अब फिर से उपस्थिति के साथ
गाँठ नहीं बाँध पाऊँगा
नहीं झेल पाऊँगा
तुम्हें रोज़-रोज़ देखने का सुख

एक-एक करके
हर जगह से निकालने में
पूरा जनम ही निकल गया

जीवन के चप्पे-चप्पे में तुम्हारी
गन्ध बस गयी थी
शब्दों की वहम-भरी
बेहद बारीक धूल
हर जगह समा गयी थी
नामालूम-से ढंग से

जागते-सोते बस एक ही क्षण
स्फुलिंग की तरह
चेतना के अँधेरे निर्वात को
जगमग किये रहता था

एक नन्हा-सा स्फुलिंग भी
बहुत बड़ी आग धधका सकता है
और वही तो उसने किया

उस आग को बुझाने में
अस्तित्व की समूची जलधार लग गयी
यूँ राख के उस ढेर में
अब भी कुछ-कुछ
गरमाहट शेष है
स्मृतियों की शकरकन्दी
उबाली जा सकती है
कुछ देर और

रातें अब सोने लगी हैं
सुबहें फिर से जगने लगी हैं
अब अँधेरा अँधेरा-सा लगता है
उजाले में आँखें फिर से चौंधियाती हैं
क़व्वा मुँडेर पर आकर
काँव-काँव करता है
तो बहुत दिनों बाद
फिर से लगने लगा है
कि
कोई आने वाला है

मगर
तुम मत आ जाना
सब कुछ को
उलट-पुलट करने

ख़ुशबू

जैसे फूल में ख़ुशबू होती है
वैसे ही तुम
मुझमें हो

आत्मा के अँधेरे कोनों में
जहाँ अक्सर बिल्लियों का रात्रि-विलाप ही
सुनाई देता है
वहाँ कभी-कभी तुम्हारी आवाज़ भी
सुकून देने
चली आती है

एक दीया जल जाता है
सोने के लिए जाता हुआ एक आदमी
बरबस रुक जाता है

एक ख़ुशबू फैल जाती है
चाँदनी रात में
एक अवर्णनीय तिलिस्म
उभरता है
सभी स्वप्नों को रौंदता हुआ

न जाने किस घड़ी
ये चामत्कारिक घटनाएँ घटती हैं
समय के क्षितिज को पार करके
इनकी गुलेल
न जाने कहाँ तक

निशाना साध पाती है
सन्देह होता है
कभी-कभी
ख़ुशबू मुझमें बसी है
या मैं ख़ुशबू में

दोनों
एक-दूसरे में बसे हों
यह तो हो नहीं सकता
अब
जब
तुमने मेरी गन्ध को भी
देशनिकाला
दे डाला है

न बोलना वह शब्द

एक शब्द भी न बोलना कभी
प्रेम का
पूरा शब्द तो क्या
एक आखर भी नहीं
वे ढाई आखर हमारे लिए नहीं हैं

प्रेम आता तो है वसन्त की तरह
लेकिन जाता है पतझड़ बनकर

मुझे नहीं चुननी हैं पतझड़ में गिरी पीली पत्तियाँ
मुझे नहीं भूलना है
पुष्पों की अर्ध-स्मित को
मुझे नहीं याद रखनी हैं वे लताएँ
जो किसी सहारे के बिना
लड़खड़ा कर गिर गयीं

प्रेम वह फूल है
जिसके सड़ने का पता
उसके सड़ने के बाद भी
बरसों तक नहीं चलता
जब उसके अस्तित्व की दुर्गन्ध
असह्य हो उठती है
तभी आत्मा पर से उसका जाला हटता है

इसलिए
कभी मेरे सामने न बोलना
प्रेम का एक भी शब्द
यूँ
प्रेम भी तो
मात्र एक शब्द ही है

अलविदा

उस गली में
जहाँ मैं ठोकर खाकर गिरा
अँधेरा भौंक रहा था

मेरे गिरते ही
वह मुझे काटने दौड़ा
और मैं
बचने के लिए तुम्हारे दरवाज़े
की तरफ़ भाग लिया

दरवाज़े भी लात मारते हैं
यह मुझे पहली बार पता चला

मैं कुछ नहीं बोला
चुपचाप
चला आया
'अलविदा'—
बस यही कह पाया
मेरा
आहत मौन

मिलना

(यूँ ही कोई मिल गया था
सरे-राह चलते-चलते...)

चाँद जब रात की शिला पर
सर पटक-पटक कर जान दे रहा था
दु:ख के मारे तारे
एक-दूसरे के साथ खुसर-फुसर
करना भी बन्द कर चुके थे
जब अँधेरे का तारकोल
आत्माओं पर फैल कर चिमट गया था
उस समय तुमसे अचानक मिलना
एक चमत्कार ही तो था

हम मिले
जैसे
एक उल्का दूसरी उल्का से मिलती है
लाखों वर्षों में कभी एक बार
अन्तरिक्ष की विराटता को और अधिक विराट बनाते हुए

एक उल्का क्यों मिलती है दूसरी उल्का से?
उसका तो मार्ग अनिश्चित है
किसी को पता नहीं
कहाँ जाकर गिरेगी
गिरेगी भी या
नष्ट हो जायेगी
अपने अनिर्दिष्ट पथ पर

भीषण वेग से अन्धाधुन्ध दौड़ते हुए

जब निर्जीव उल्का के बारे में कुछ नहीं मालूम
तो हम तो जीते-जागते स्वाधीन इच्छा वाले मनुष्य हैं
हमारे टकराने का किसे पता रहा होगा ?

शायद प्रारब्ध को भी नहीं

यदि ऐसी ही बनी रहे सृष्टि
सूर्य इसी तरह करता रहे
कथकलि आकाश में
तो
हम भी
किसी दिन
अपने-अपने अनिर्धारित पथ पर
निकल जायें
और फिर
कभी न हो मिलना

(ये चिराग़ बुझ रहे हैं
मेरे साथ जलते-जलते...)

बिछोह

मिलना और बिछुड़ना
संयोग की बात है

जैसे अन्धड़ में उड़ता हुआ कोई पत्ता
अचानक किसी दूसरे पत्ते से
टकरा जाये
ऐसे ही हम भी
लोगों से
टकरा जाते हैं

न मिलने पर
अख़्तियार है
न बिछुड़ने पर

वह फिर भी निर्जीव
पत्ता है
पर हम तो इनसान हैं
हमारा ही कितना अख़्तियार है
मिलन या
बिछोह पर
फ़र्क़ इतना भर है कि
पत्ते को पता भी नहीं चलता
और हम पूरा जीवन
बिछोह के आलिंगन में गुज़ारते हैं

वह एक क्षण

सब कुछ एक क्षण में ही बदलता है
बदलने के लिए
कल्प, संवत्सर, युग, वर्ष, माह और दिन की ज़रूरत नहीं होती
केवल एक क्षण ही
काम तमाम करने के लिए काफ़ी है

प्रेम स्वाहा हो जाता है
क्रोध की ज्वाला में
दिल टुकड़े-टुकड़े हो कर
ढाँक लेता है समूचा व्योम
पृथ्वी अचानक घूमना बन्द कर देती है
सूर्य ज़ीरो वॉट के बल्ब जैसा लगने लगता है
चन्द्रमा से लपटें निकलती हैं
झुलसाती हुई

यह सब एक क्षण में ही होता है

याद है न...

एक ही क्षण में
तुम तुम बन गयीं
और,
एक ही क्षण में
तुम तुम न रहीं
एक ही क्षण में तो
मस्तिष्क में उल्कापात हो जाते हैं

और एक ही क्षण में
हम
अजनबी बन जाते हैं
अपने लिए भी

यह क्षण जब आता है
तब
सब कुछ साथ ले जाता है

कभी-कभी तो
बदलने के लिए भी
कुछ शेष नहीं रहता

यूँ भी बदलाव अक्सर
निरर्थक ही होते हैं
देखा जाये तो उन्हें
क्षण की ज़रूरत भी नहीं होती

दर्द

अस्तित्व के हर रंध्र से
पीप की तरह
निकलता है
और
चिपक जाता है
समूचे आयतन में

इतना गाढ़ा, इतना सान्द्र, इतना चिपचिपा

खुरंट की तरह जम जाता है
हृदय के ऊपर
पीछा नहीं छोड़ता
जीवन के सीमान्त तक

हमेशा अपने होने का अहसास दिलाता रहता है

करकता रहता है
गहरे तक चुभी फाँस की तरह

इस सर्द दर्द को कब तक झेलें
कब तक इसे गहने की तरह पहनें

कब तक भट्ठी में पिघलते रहें
लोहे से सोना बनने के इन्तज़ार में

मुझे अपनी राह जाने दो
प्यारे दर्द भैया

मुझे अपनी गिरफ़्त से छुटकारा दो
मैं प्रेम के लिए शहीद होने वालों में नहीं हूँ
मैं तो अपने लिए भी शहीद नहीं हो सकता

मुझे अब किसी का इन्तज़ार नहीं रहता
कुछ दिनों से तो पेंशन का इन्तज़ार करना भी छोड़ दिया है

फिर क्यों मेरी आत्मा के रंध्र-रंध्र से रिसते जा रहे हो
क्यों दर्द होते हुए भी ऐसे बेदर्द बन गये हो

मुझे रिहा कर दो न...

दर्द की क़ैद
फाँसी से भी बुरी है

दिल का तिलिस्म

मैंने कहा
मैं तुम्हारे दिल में हूँ

तुम्हारी हँसी जो छूटी
तो बन्द ही न हो
हँसी से हाँफते-हाँफते बोलीं—
'मेरे दिल है ही कहाँ जो उसमें तुम होगे!'

अब कोई क्या कहे इस पर?

सिवाय इसके कि
तुम तो सरापा दिल हो
तुम्हारे चिबुक पर जो तिल है
वह तुम्हारे दिल जैसा ही है
मैं तो कई साल उसमें बन्द रहा हूँ

मन्द्र सप्तक में जब
पूरिया खिलता है
तब मुझे उसमें
तुम्हारा दिल ही तो दिखता है
उसी में तो शरण पाती हैं
मेरे दिल की मुरकियाँ-हिचकियाँ
उसी में तो होता है
हर भाव का
आविर्भाव

हर अभाव का
तिरोभाव

एक प्रिज़्म की तरह है
तुम्हारा दिल
जिसमें से मैं हमेशा
सतरंगी होकर निकलता हूँ
और फिर
इकरंगी बनकर
उसी में प्रवेश कर जाता हूँ

बड़ी कुत्ती चीज़ है
यह दिल भी!

लेकिन तुम तो इस बात पर
हँस-हँस कर
अपना बुरा हाल कर लोगी
क्योंकि तुम्हारे तो
दिल है ही नहीं!

ओ सूर्यमुखी!

हर सुबह
एक उम्मीद लेकर आती है
हर शाम
एक उम्मीद पीछे छोड़ जाती है
रातें केवल
एक उम्मीद से दूसरी उम्मीद के बीच
झूलने के लिए बनी हैं

सुबह होती है
और,
हर किरन में तुम झलकती हो

ओ सूर्यमुखी!

सकपका जाता हूँ
जब
तुम्हारी भौंहों के बीच से
अगणित इन्द्रधनुष उगते हैं
नासिका पर ठहर जाते हैं
कुनमुनाते हुए चंचल मेघदूत
कपोलों पर उतर आते हैं
न जाने कितने मुग्ध कपोत
आँखों में चमकने लगती हैं

अनन्त की ओर विचरती
असंख्य आकाशगंगाएँ

मैं कहाँ हूँ इन सबके बीच?

क्या किसी
नीहारिका में दुबका हुआ
या फिर
ब्रह्माण्ड के सुदूर छोर से
तुम्हें
निहारता हुआ?
कभी-कभी तो लगता है
समूचा तारामण्डल
एक चौपड़ की तरह बिछा है
शून्याकाश में
और
हम दोनों कर रहे हैं
जन्म और मृत्यु की शाश्वत
क्रीड़ा

हमें पता है कि
किसी भी क्षण
कुछ भी हो सकता है
लेकिन
न तुम्हें परवाह है न मुझे

हर क्रीड़ा में
और क्रीड़ा में लगी हर छोटी-बड़ी चोट में
मुझे तो
तुम ही दिखती हो

ओ सूर्यमुखी!

कवि का दुःख

हर बाहर में हवा नहीं होती
न हर अन्दर में अँधेरा
भोली आँखो! देखो
जो देखा नहीं जा सकता

बातें नहीं हो सकतीं लम्बी-लम्बी बेमतलब
चाय नहीं पी जा सकती बार-बार बिला वजह
लेटे नहीं रह सकते
रज़ाई में सारे दिन

आँधी ही ऐसी है, आँधी ही ऐसी है
छतें आसमान में, और लोग सड़कों पर
व्याकुल, बदहवास, उत्तेजित, क्रुद्ध, पंक्तिबद्ध, तितर-बितर

कवि का दिल डूबे है
वह न रज़ाई में
और न ही सड़कों पर

आओ उस वक़्त

तुम आओ उस वक़्त
जब जेब में पड़े सिक्के
हँसते हैं

और मैं शर्मिन्दा होता हूँ

कनखियों से
बार-बार
दीवार को घूरता हूँ
शायद वहाँ दिख जाये कोई गुफा
जिसमें समा सकूँ
हो जाये कोई हादसा
जिससे मुझे रोने को मिल जाये
मैं सिक्कों से कहना चाहता हूँ
मत हँसो
मेरे पास कुछ पल तो
छोड़ दो

महाभारत व्यथा

माधवी

स्वयंवर के पाखण्ड को तोड़कर
अन्त में मैंने
स्वयं का ही वरण किया
और तब मुझे लगा
कि
दूसरों की तरह ही
मैं भी जीवित हूँ

स्वयंवर छोड़कर
मैं चल पड़ी हूँ अनजान-अबूझ पथ पर
पहली बार मुझे
मुक्त पवन के झकोरे लग रहे हैं
रोम-रोम में पुलक है
मैं भी आज एक स्वत्वशालिनी
व्यक्ति हूँ
मात्र
देवों के भी स्वप्नों पर झपट्टा मारने वाली
कामिनी
भोग्या स्त्री नहीं
वरना
मैं तो उसी दिन पाषाणवत हो गयी थी
जब पिता ययाति ने
मुझे गालव को सौंप कर कहा था

'मेरी पुत्री अनिन्द्य सुन्दरी है
इसे कोई भी राजा अपने पास रखने को तैयार हो जायेगा
इसका शुल्क प्राप्त कर
तुम गुरु-दक्षिणा चुकाओ'

और इस तरह
मुझे बलि किया गया
पुरुषों की प्रतिज्ञा के यूप पर
मेरे अपने ही पिता ने
एक प्रतापी राजा ने
अपना वचन रखने के लिए
मुझे वेश्या बना डाला
जिसे कोई भी पुरुष शुल्क देकर
भोग सकता था

मैंने देखा
गुरु-शिष्य परम्परा का
असली घिनौना चेहरा
जब अन्त में
गालव मुझे
अपने गुरु विश्वामित्र के पास ले गया
क्योंकि अब भी दो सौ श्यामकर्णी अश्व कम पड़ रहे थे
आज भी भूली नहीं हूँ
उस ऋषि कहे जाने वाले वृद्ध की कामुक दृष्टि
जब उसने गालव से कहा
'ऐसी सुन्दरी को तुम पहले ही मेरे पास ले आते
तो मैं तुम्हारी पूरी गुरु-दक्षिणा चुकी हुई मान लेता'

इसके पहले मुझसे
हयर्श्व, दिवोदास और उशीनर
इन तीन राजाओं ने दो-दो सौ श्यामकर्णी अश्व का शुल्क
चुकाकर
पुत्र उत्पन्न किये

और यही
विश्वामित्र ने भी किया

इस सबके बाद भी
मेरे पिता मेरा स्वयंवर रचाने का ढोंग और दुस्साहस करेंगे
मुझे विश्वास नहीं था

अपनी झूठी शान के लिए जीने वाले
और अन्य सभी की उसके लिए बलि देने वाले
मेरे प्रतापी पिता ने
वह भी किया

पर्वत जैसे शरीर
और शिला जैसे हृदय को ढोने वाली मैं
कैसे किसी पुरुष की आँखों में आँखें डाल कर
उसकी ग्रीवा में वरमाला डाल सकती थी ?
यदि डाल भी देती
तो क्या अपने आप से कभी
आँखें मिला सकती थी ?
ऐसे जीवन के बाद
क्या किसी को भी दे सकती थी मैं
एक निष्ठावान पत्नी का प्यार ?

इसलिए मैंने तपोवन को ही
अपना वर चुना
अब मेरे सामने है
एकाकी पथ
एक अन्तहीन यात्रा
एक गरिमापूरित जीवन
जहाँ केवल मैं हूँ
और मेरा स्वत्व है

इन पुरुषों के पाखण्ड की यहाँ
छाया भी नहीं

मत्स्यगन्धा

हस्तिनापुर आज भी
मछली की तेज़ गन्ध में डूबा हुआ है

लोग कहते हैं कि चाँदनी रात हो या अँधेरी
अक्सर मत्स्यगन्धा की आत्मा यहाँ डोलती है
और पूरे नगर पर तीखी बास की एक मोटी चादर
पड़ जाती है

लोक में प्रचलित हुआ कि सत्यवती वन में
अम्बिका और अम्बालिका के साथ
मर गयी
पर मैं जीवित रही
क्योंकि मैं
हस्तिनापुर की राजमाता
हस्तिनापुर का ध्वंस देखने के लिए
तड़प रही थी

अब मेरी आत्मा तृप्त है

कौन है इस ध्वंस का उत्तरदायी?
द्रौपदी की दुर्योधन पर फ़ब्ती?
कौरव राजसभा में द्रौपदी का चीरहरण?
युधिष्ठिर की जुए की लत?
दुर्योधन की ईर्ष्या?
मर्यादा का क्षरण?

नहीं

बहुत पहले ही
मर्यादा टूट चुकी थी और
सत्ता पर सवार हो चुके थे
निरंकुश वासना, अतृप्त लालसा, निर्वसन लोभ

ध्वंस के बीज तो तभी पड़ गये थे
जब
ऋषि पराशर ने मुझ नाव चलाने वाली पर
नदी के बीचोंबीच
बलात्कार किया था
अनाघ्रात पुष्प थी मैं
नवागत यौवन के झूले में झूलती हुई
इतनी भोली कि यह भी पता नहीं चला
मेरी देह के साथ क्या घटित हो रहा है
चीरहरण की सभी चर्चा करते हैं
मेरे कौमार्यहरण की कोई भी नहीं!

राजा शान्तनु की दुर्दमनीय कामेच्छा
मेरे मल्लाह पिता का अपार लालच
भावी सम्राट का नाना बनकर
ऐश्वर्य भोगने की उसकी निर्लज्ज लालसा
देवव्रत का
कभी विवाह न करने और सिंहासन को त्यागने की
भीषण प्रतिज्ञा लेकर
भीष्म के रूप में लोकोत्तर पुरुष बनना
और फिर
परिणाम की सोचे बिना
उस पर हठपूर्वक जमे रहना

लोक में
बस इसी की चर्चा है

क्या कभी किसी ने सोचा
कि
उस बूढ़े राजा से मेरे विवाह के लिए
मेरी सहमति आवश्यक नहीं थी क्या?
किसी भी स्त्री की सहमति क्या
कभी आवश्यक समझी गयी है?

देवव्रत ने विवाह न करने का हठ
नहीं छोड़ा
लेकिन बलपूर्वक अनेक विवाह कराये
विचित्रवीर्य के लिए काशिनरेश की तीन कन्याओं का
अपहरण किया
अम्बा का जीवन नष्ट किया
और अम्बिका और अम्बालिका को ज़बरदस्ती
विचित्रवीर्य और चित्रांगद के साथ विवाह के बन्धन में बाँधा

अगर यह न हुआ होता
और अम्बा ने फिर से जन्म लेकर
भीष्म और उसके कुल के नाश की प्रतिज्ञा न की होती
तो क्या यह महायुद्ध होता?
और मैं?

क्या हर सास की तरह
मैंने भी प्रतिहिंसा में
अपनी बहुओं के साथ वही नहीं किया
जो मेरे साथ हुआ था?
नियोग के बहाने अपने पहले पुत्र कृष्ण द्वैपायन से
क्या मैंने अम्बिका और अम्बालिका पर
बलात्कार नहीं करवाया?
इस अन्धे, विवेकहीन और रुग्ण कृत्य के फलस्वरूप
यदि
दृष्टिहीन धृतराष्ट्र और रोगी पाण्डु पैदा न होते
तो और क्या पैदा होता?

अन्धे धृतराष्ट्र के लिए भीष्म गान्धारी और
रोगी पाण्डु के लिए
पृथा एवं माद्री लाये

कैसा लगा होगा गान्धारी को
विचित्रवीर्य के अन्धे पुत्र से सौ-सौ पुत्र पैदा करते हुए?
क्या अपनी आँखों पर पट्टी
उसने इसलिए नहीं बाँधी थी
ताकि वह पूरे संसार को दिखा सके
वह अदृश्य पट्टी
जो हम सबकी आँखों पर बँधी थी?

और
क्या चार पुरुषों के साथ सहवास करके
कर्ण, युधिष्ठिर, भीम और अर्जुन को जन्म देने वाली कुन्ती ने
सास वाला बदला लेने के लिए ही
द्रौपदी को
पाँचों पाण्डवों की पत्नी नहीं बनाया?
क्या माद्री को उसने इसीलिए वह मन्त्र नहीं दिया
ताकि वही सती-सावित्री क्यों बनी रहे?

वरना नियोग के द्वारा तो
केवल एक पुत्र की प्राप्ति ही अभीष्ट होती है

न किसी ने मेरी सहमति ली थी,
न अम्बालिका और अम्बिका की
न पृथा और माद्री की
और न ही द्रौपदी की

और यह स्वयंवर का ढकोसला!

स्वयंवर क्या वास्तव में स्वयंवर है?
क्या द्रौपदी ने कामना की थी कि वह
उसी से विवाह करेगी
जो घूमती हुई मछली की आँख

बाण से बींधेगा?
नहीं
यह शर्त उसके पिता ने निर्धारित की थी
फिर स्वयंवर में
द्रौपदी का 'स्वयं' कहाँ था?
क्या महाभारत युद्ध के मूल में
बलात्कार नहीं है?
क्या देवव्रत ने अपनी प्रतिज्ञा की
मूल भावना के साथ बलात्कार नहीं किया था?

तब तो मेरे पिता की ज़िद भी शेष नहीं रही थी
अगर वह विचित्रवीर्य की मृत्यु के बाद विवाह कर लेता
तो अनेक अन्य
बलात्कार होने से बच जाते
और तब सम्भवत:
यह महाविनाश भी न होता
और वह भी
हस्तिनापुर के राज्य का एकमात्र
वास्तविक उत्तराधिकारी होने के बावजूद
दुर्योधन के सिंहासन का पाया बनने की
ज़िल्लत ढोने से बच जाता

मैं मत्स्यगन्धा सत्यवती
भुजा उठाकर कहती हूँ
जहाँ ज़बरदस्ती की जायेगी
जहाँ बलात्कार होगा
उस राज्य का नाश अवश्यम्भावी है

गान्धारी

वन में आये दो वर्ष हो गये
कब मरेंगे हम सब
कोई जंगली जानवर भी
नहीं खाता हमें

कुन्ती भी है यहाँ विदुर भी
और मेरा हर समय बड़बड़ाने वाला
अन्धा पति तो है ही

एक अनवरत रुदन चलता रहता है
मन के भीतर
जब भी इस पृथा की आवाज़ सुनती हूँ
एक अकथ-सी ज्वाला में जलने लगती हूँ
सौ पुत्रों की माता का एक भी पुत्र जीवित नहीं
और इसके पाँचों जीवित हैं

भीम ने तो दु:शासन का सीना फाड़कर
उसका रुधिर पिया था और
द्रौपदी के बालों का उष्ण रक्त से शृंगार किया था
उसी ने दुर्योधन की जंघा तोड़कर
गदा-युद्ध के नियमों को तोड़ा था

लेकिन तब तक कोई नियम बचा ही कहाँ था ?
कौन था इस महाविनाश का दोषी ?

शान्तनु

जो कभी स्वयं पर संयम नहीं रख पाया
या
भीष्म
जिसने संयम का ऐसा भीषण आदर्श रखा
कि
उस पर चलने के लिए
अन्य सभी मर्यादाएँ तोड़ दीं

इस महायुद्ध के लिए
कोई एक व्यक्ति दोषी नहीं है
शान्तनु से लेकर दुर्योधन तक
सभी दोषी हैं

स्वयं मैं भी

और भीष्म?
वह तो सबसे अधिक दोषी हैं

धृतराष्ट्र तो जन्म से ही अन्धा था
लेकिन वह तो अपनी पितृभक्ति और
प्रतिज्ञा के गर्व में
इतने अन्धे हो गये थे
अपनी ही दृष्टि में
इतना ऊँचा उठ गये थे
कि कोई भी नियम उन पर
लागू नहीं होता था

कुरुओं के साम्राज्य के
वही एकमात्र वास्तविक उत्तराधिकारी थे
चित्रांगद और विचित्रवीर्य की मृत्यु के बाद
सत्यवती के आग्रह के बावजूद
वह
सिंहासन पर क्यों नहीं बैठे

जबकि सत्यवती के कारण ही उन्होंने
अविवाहित रहने और सिंहासन पर अधिकार न जताने की
प्रतिज्ञा की थी

कितना विडम्बनापूर्ण था यह यथार्थ!
कुरुओं का एकमात्र उत्तराधिकारी
सिंहासन पर नहीं बैठा
लेकिन
जीवन भर सिंहासन का
सबसे सुदृढ़ पाया बना रहा
सेवा करता रहा उन नक़ली कौरवों की
जिनकी शिराओं में
कुरुओं के रक्त की एक बूँद भी नहीं थी

सभी नियोग की सन्तति थे
सिंहासन पर सभी का दावा मिथ्या था

अत्यधिक संयम और इन्द्रिय दमन से
व्यक्ति कितना निर्मम और क्रूर बन सकता है
इसके सबसे बड़े उदाहरण
भीष्म थे

क्षत्रिय राजा राजकुमारियों का अपहरण
स्वयं उनसे विवाह करने के लिए करते थे
लेकिन भीष्म ने नियम तोड़ कर
अम्बा, अम्बिका और अम्बालिका का अपहरण
किया
विचित्रवीर्य के विवाह के लिए
और बदले में
कुरुवंश को अम्बा का शाप मिला

जन्मान्ध धृतराष्ट्र के साथ मेरा विवाह भी तो
ज़बरदस्ती भीष्म ने ही कराया
कितना हास्यास्पद था

जिसने स्वयं विवाह नहीं किया
वह जीवन भर दूसरों के विवाह कराता रहा
नियोग कराता रहा
बलपूर्वक

महाभारत का युद्ध
बलात्कार का ही परिणाम है

अगर मैं अपनी आँखों पर पट्टी
न बाँध लेती
तो क्या हर माँ की तरह
मैं भी अपने बच्चों की अच्छी परवरिश न करती
उन्हें बिगड़ने से न बचाती
लेकिन मैंने धृतराष्ट्र के प्रति क्रोध और प्रतिहिंसा में अन्धी होकर
सारा जीवन आँखें मूँद कर बिताने का निर्णय किया

अन्धी माँ के बच्चे
दुर्योधन और दुःशासन जैसे न निकलते
तो और कैसे निकलते?

इस मामले में कुन्ती बहुत बुद्धिमान थी

फिर कुन्ती का ध्यान आ गया
कभी देखा नहीं उसे
न जाने कैसी लगती है
बातें मीठी-मीठी करती है
जो मेरे जी को और भी अधिक जलाती हैं

कब तक रहेंगे हम सब
एक साथ इस वन में
जहाँ कोई किसी के साथ नहीं है

मेरे पति के साथ मेरा कभी कोई स्नेह-सम्बन्ध बना ही नहीं
विदुर हमेशा विवेक की निरर्थक बातें करता रहा
आज्ञाकारी देवरनुमा सेवक बना रहा

कुन्ती से तो मैं बात ही क्या करूँ

इस वन में वैसा दावानल क्यों नहीं भड़कता
जैसा मेरे मन में है?

शायद मेरे मन की पूरी होने वाली है
पशु–पक्षियों में भगदड़ मच गयी है
आकाश धूम्राच्छादित हो रहा है
चलो अच्छा ही होगा अगर
आज हम सब
इस दावानल की गोद में शरण
ले सकें

अन्त समय में मुझे
आँखों पर बँधी पट्टी के बावजूद
सब कुछ साफ़–साफ़ दिख रहा है

माद्री

पति चले गये
अपने पितरों से मिलने
अब मुझे भी उनकी देह के साथ
चिता की लकड़ी की तरह जल जाना है

जलती ही तो रही हूँ अब तक
अन्तर केवल इतना ही है
कि
आज मेरे मन के बजाय
मेरी देह से
लपटें निकलेंगी
मेरा पीताभ मुख पति
महान योद्धा
दशार्ण, मगध, विदेह, काशी, सुह्म और पुंड्र देशों का विजेता
उसकी वीरता के वर्णन सुनकर ही
मोहित हो गयी थी मैं
जब पता चला कि मेरे पिता को अनेक अमूल्य उपहार
और प्रचुर धन देकर
भीष्म मुझे पांडु के लिए प्राप्त करने आये हैं

तब क्या पता था कि
इस अमरफल के भीतर
जीवनरस चूसने वाला
काल का कीड़ा छुपा हुआ है

राजमहल के भोग-विलास ने
उसे बचपन में ही ऐसी असमर्थ कामेच्छा से भर दिया था

जो न स्वयं तृप्त हो सकती थी
न किसी को तृप्त कर सकती थी
वह तो एक व्याधि थी
जिसने व्याध की तरह
कामना के शर से
उसका जीवन हर लिया

इतना बड़ा शूरवीर
और
पुंसत्वहीन!

कुन्ती मेरी जेठानी
कैसी मीठी कैसी चतुर
पति को समझाया
धृतराष्ट्र के पुत्र पर पुत्र हुए जा रहे हैं
और तुम्हारा एक भी नहीं
तो क्या तुम्हारा वंशवृक्ष
यहीं सूख जायेगा?

दुर्वासा ऋषि के मन्त्र की बात बताकर
मना ही लिया उसे
नियोग के लिए

तभी तो हम हिमालय के एक वन-प्रान्तर में आये
ताकि किसी को भी पता न चल सके
कि यहाँ क्या घटित हो रहा है

और फिर,
पैदा किये तीन-तीन पुत्र
भोगा देवताओं के साथ सहवास का सुख
पर क्या मजाल जो कभी
मेरी चिन्ता की हो
जब भी मैंने मनुहार की
मुझे भी दिला दो अनुमति
मुझे झिड़क दिया उसने एक कुटिल मुस्कान के साथ

सौतिया डाह उसमें कम नहीं है

उसे हर समय यह भान रहता है
कि वह एक चौड़े हाड़ वाली हृष्ट-पुष्ट औरत है
जबकि मैं कवि की कोमलकान्त पदावली जैसी
सौन्दर्यरस से भरी हुई
कामिनी

पांडु काम के वशीभूत हो
मँडराता तो मेरे आस-पास रहता था
लेकिन
पति पर शासन तो सदैव उसी का रहा

एक बार एकान्त में अवसर मिला तो
मैंने पाण्डु से कहा
मुझे आपसे ही पुत्र चाहिए
वह समझ गया मेरे मन की बात
सामर्थ्यरहित था तो क्या
हृदय तो उसने प्रेमी-पति का पाया था

उसने कुन्ती को आदेश दिया
हाँ, आदेश ही दिया
कि वह मुझे भी
देवताओं को बुलाने का मन्त्र दे

कुन्ती के मुखमण्डल पर किन-किन रंगों के बादल छाये
मैं आज तक नहीं भूली हूँ

और जब मेरे दो पुत्र हो गये
तो कुन्ती को चिन्ता होने लगी
उसके तो तीन ही हैं
यदि मेरे चार हो गये
तो उसकी महत्ता घट जायेगी
बस
अगली बार उसने मुझे मन्त्र देने से
साफ़ इनकार कर दिया

पाण्डु यदि स्वयं पर नियन्त्रण नहीं रख पाया
तो मेरा क्या दोष
मेरा पति था वह आख़िर
कैसे मना कर सकती थी उसे
लेकिन कुन्ती ने एकमात्र मुझे ही दोषी ठहरा दिया

अब मेरे पास क्या विकल्प है
सिवाय पाण्डु के शव के साथ जल जाने के
यहाँ भी रहकर क्या करूँगी
जली-कटी सुनते हुए जेठानी की जीवन भर सेवा ?
न...न...
ऐसी जेठानी की सेवा करने से अधिक श्रेयस्कर है
चितारोहण
कम-से-कम
सती तो कहलाऊँगी

इस गर्वोन्मत्त कुरुवंश
का नाश तो होना ही है पर
मुझे नहीं देखना पड़ेगा

नकुल-सहदेव को कुन्ती ही पाल लेगी
इस मामले में वह विशाल हृदय वाली है
पृथा है
पृथ्वी की तरह
बहुत बोझ सँभाल सकती है

हिमालय की इस उपत्यका में
जहाँ चारों ओर सौन्दर्य ही सौन्दर्य है
जीवन से विदा ले रही हूँ
जलते समय होने वाले कष्ट का अनुमान लगाकर
काँप रही हूँ
लेकिन प्रारब्ध से कौन बच सका है
जो मैं बचूँगी
विदा

द्रौपदी

अन्तिम यात्रा है

हिमालय की पीठ पर चलते-चलते
न जाने कितनी चोटियाँ नीचे रह गयीं
चलना दुश्वार हो गया है
घिसटने के अलावा कोई
चारा भी तो नहीं
यूँ भी जीवन भर
घिसटती ही तो रही हूँ
यदि कभी चली भी हूँ तो
दूसरों ही के पैरों पर
सबसे आगे मेरा ज्येष्ठ पति
सारी विपत्तियों की जड़
निर्लज्ज युधिष्ठिर
चला जा रहा है
अपने कुत्ते को साथ लिए
बिना किसी की ओर देखे
पहले ही कब इसने किसी और की चिन्ता की
जो अब करेगा?

कभी समझ नहीं पायी
ऐसे आत्मकेन्द्रित, निकम्मे और ढुलमुल स्वभाव के आदमी को
लोग धमर्राज क्यों कहते हैं
मैंने तो इसे कभी कोई धर्म का काम करते नहीं देखा
हाँ, धर्म की जुमलेबाज़ी

इससे चाहे जितनी करवा लो

अगर जुआ खेलना
और अपनी सारी सम्पत्ति, भाइयों और पत्नी को
दाँव पर लगाकर हार जाना
धर्म का काम है
तब यह ज़रूर
धमर्राज कहलाने का अधिकारी है

एक यही काम तो इसने अपने बलबूते पर किया
वरना तो सारे काम भीम और अर्जुन के ही हिस्से में आते थे
और यह बड़े भाई के अधिकार से
उनका फल भोगता था

मुझे भी तो सबसे पहले इसी ने भोगा
मुझे स्वयंवर में जीतने वाले अर्जुन की बारी
तो भीम के भी बाद आयी

यह जीवन भर धर्म की व्याख्या करता रहा
उस पर चला एक दिन भी नहीं

और मैं ?

पूरा जीवन मेरा
अंगारों पर ही गुज़रा

गुज़रता भी क्यों नहीं
मेरा तो जन्म ही
यज्ञकुण्ड की अग्नि के गर्भ से हुआ था
और तभी से मेरी अग्निपरीक्षा शुरू हो गयी थी

हर क्षण यही सोचती रही हूँ
मैं पैदा ही क्यों हुई ?
क्या सार रहा मेरे इस जीवन का
क्या मिला मुझे ?

पाँच-पाँच पुरुषों की कामाग्नि का सन्ताप, दुस्सह अपमान

अर्जुन जैसे प्रेमी-पति की उपेक्षा

स्वयंवर में विजयी होने के बाद
कैसी प्रेमसिक्त दृष्टि से देखा था
अर्जुन ने मुझे
वह सुदर्शन चेहरा मुझसे मिलने की आस में
कैसा दिपदिपा रहा था
उसकी आँखों में
प्यार का महासागर था

और मेरी सास कुन्ती ने
कितनी चालाक निष्ठुरता के साथ
मुझे पाँचों भाइयों की सामूहिक पत्नी बना डाला
कुलवधू की ऐसी परिभाषा
न कभी देखी गयी, न सुनी गयी
उस क्षण से अर्जुन के चेहरे की कान्ति जो लुप्त हुई
तो फिर कभी नहीं लौटी
उसकी आँखें हमेशा शून्य में किसी को
ढूँढ़ती रहती थीं
शायद घूमती हुई मछली की आँख को
जिसके भेदन के बाद उसने
मुझे
प्राप्त किया था

बस वही तो एक क्षण था
जब मैं
उसकी थी—
केवल उसकी

टूटे हुए हृदय के साथ
उसने सुभद्रा और उलूपी के साथ विवाह किया
जो प्रेम उसे मुझसे नहीं मिला
शायद उसी की तलाश में
लेकिन यहाँ भी वह निराश ही हुआ

उसके मुख पर कभी वह उल्लास और आनन्द दिखा ही नहीं
जो स्वयंवर के समय दिखा था

महाभारत के युद्ध का
सर्वश्रेष्ठ धनुर्धर प्रेम में
निराश
विफल
विकल
जिसके हृदय में इतने बाण धँसे
कि वह उसका तूणीर ही बन गया

अन्तिम समय में
लग रहा है
जीवन कभी शुरू ही नहीं हुआ
कभी साँस ली ही नहीं,
सूर्योदय और सूर्यास्त का अनुभव ही नहीं किया
चाँदनी की रहस्यमय शीतल हथेली ने
मुझे कभी स्पर्श ही नहीं किया
मुझे आज तक समझ में नहीं आया
कि स्थिर स्वभाव वाली गरिमामयी कुन्ती ने
मेरे साथ ऐसा हृदयहीन व्यवहार क्यों किया
क्या वही मेरे जीवन के नरक से भी बदतर बनने की
एकमात्र ज़िम्मेदार नहीं है?
न उसने मुझे पाँचों भाइयों के साथ बाँधा होता
और न यह क्लीव युधिष्ठर मेरा सर्वसत्तावान
पति बनकर
मुझे जुए में दाँव पर लगा पाता
और न कर्ण, दुर्योधन और दुःशासन की हिम्मत होती
कि मुझे भरी राजसभा में निर्वसन करने की कोशिश कर सकें
जहाँ भीष्म और विदुर जैसे ढोंगी नीतिज्ञ बैठे थे

केवल एक विकर्ण था
जिसने मेरे पक्ष की बात की थी

दुर्योधन का भाई, गान्धारी का पुत्र
विकर्ण
उसने मनुष्यता में मेरे विश्वास को
नष्ट होने से बचाया था

कुन्ती कभी अच्छी सास तो बन ही नहीं सकी
क्या वह अच्छी माँ बन पायी ?
नहीं

कर्ण के साथ उसने हमेशा अन्याय किया
वरना ऐसा उदार, ऐसा दानी, ऐसा वीर
क्या कभी ऐसा दुष्टता का बर्ताव कर सकता था
जैसा उसने मेरे साथ किया
कुरुओं की राजसभा में

कुन्ती ने उसे स्वीकार किया
केवल अपने स्वार्थ के लिए
ममता के कारण नहीं
फिर भी उसने उस निष्ठुर माँ को
पूरी तरह निराश नहीं किया
और कहा कि वह केवल अर्जुन के साथ ही युद्ध करेगा

उसने तो अर्जुन के साथ भी ऐसा अन्याय किया
कि सम्भवत: कभी किसी माँ ने नहीं किया होगा
स्वयंवर में मुझे प्राप्त किया अर्जुन ने
और पाँचों भाइयों से बाँध दिया मुझे कुन्ती ने
क्या उसे अर्जुन के मुख पर छायी वेदना नज़र नहीं आयी ?

स्वयंवर में अर्जुन की जीत के बाद
मुझे कभी उस पर प्यार नहीं आया
हमेशा मन में तिक्तता
ही बनी रही

क्या वह कुन्ती से नहीं कह सकता था
कि वह मुझे भिक्षा में नहीं

स्वयंवर में जीत कर लाया है
और मुझ पर केवल उसी का अधिकार है
क्या वह मुझे इस भीषण अपमान और जीवन भर के दुःख से
नहीं बचा सकता था ?
क्या माँ की मतिहीन आज्ञा का पालन करना
मेरे पूरे जीवन से अधिक महत्त्वपूर्ण था ?

किससे था मुझे सच्चा प्रेम ?
और, किसे था मुझसे सच्चा प्रेम ?

शायद कृष्ण से
शायद कृष्ण को
सखा-सखी का
शुद्ध वासनारहित प्रेम

अधिकांश मनुष्य
ऐसे प्रेम को असम्भव समझते हैं
मानते हैं कि
स्त्री-पुरुष के बीच कामरहित प्रेम
हो ही नहीं सकता
लेकिन इससे बड़ा झूठ कोई नहीं है

मेरा सखा कृष्ण
जाने कैसे मेरी बात
बिना कहे ही समझ जाता था
घण्टों-घण्टों मुझसे बातें करता था
दुनिया-जहान की बातें
अपनी और राधा की बातें
ब्रज की बातें
रुक्मिणी और सत्यभामा के झगड़े
सब मुझे ही तो बताकर जाता था

कृष्णा का कृष्ण
जिसने मेरी लज्जा को

अपनी लज्जा समझा

दुर्योधन को मैंने
केवल उसी के तेज़ के सामने सहमते देखा
कितनी कोशिश की उसे बन्दी बनाने की
लेकिन वह तो
कारागृह में जन्मा था
उसे कौन बंदी बना सकता था!

आगे अब कोई राह नहीं है
कभी थी भी नहीं
जिसने चाहा उसी ने किसी भी राह पर धकेल दिया

अब हिमालय मुझे अपनी गोद में ले ले
तो मेरी यात्रा पूरी हो
अग्निकुण्ड से
हिमशिखर तक की
अर्थहीन यात्रा...

❑❑